CAZADORA

LA ISLA DEL TIEMPO

CAZADORA

L. J. Smith

Traducción de Gemma Gallart

Obra editada en colaboración con Editorial Planeta – España

Título original: *Night World. Huntress*

Primera edición impresa en España: febrero de 2011
ISBN: 978-84-08-09863-8

Primera edición impresa en México: abril de 2011
ISBN: 978-607-07-0689-9

Impreso en los talleres de Litográfica Ingramex, S.A. de C.V.
Centeno núm. 162, colonia Granjas Esmeralda, México, D.F.
Impreso en México – *Printed in Mexico*

EL AMOR NO HA SIDO NUNCA TAN PELIGROSO

Night World no es un lugar, es una especie de sociedad secreta a la que pertenecen las criaturas de la noche. Un mundo que está a nuestro alrededor aunque nosotros no lo veamos. Las criaturas de Night World son hermosas, letales e irresistibles para los humanos. Tu mejor amigo podría ser una de ellas; quizá también lo sea aquella persona de la que te has enamorado.

Las leyes de Night World son muy claras: los humanos jamás deben conocer su existencia, y sus miembros jamás deben enamorarse de un humano. Viola las leyes y las consecuencias serán aterradoras.

Éste es el relato de lo que sucede cuando se infringen las normas.

Para Brian Nelson
y Justin Lauffenburger

1

—Es sencillo —dijo Jez la noche de la última cacería de su vida —. Ustedes corren y nosotros los perseguimos. Si los atrapamos, mueren. Les daremos tres minutos de ventaja.

El líder de la banda de cabezas rapadas que estaba delante de ella no se movió; tenía un rostro descolorido y ojos de tiburón. Permanecía de pie en tensión, intentando parecer un tipo duro, pero a Jez se le escapaba el leve temblor de los músculos de sus piernas.

Jez le dedicó una sonrisa radiante.

—Elijan una arma —dijo.

Con la punta del pie dio un golpecito al montón que tenía a sus pies. Había gran cantidad de material allí: pistolas, cuchillos, bates de beisbol, incluso unas cuantas lanzas.

—Vamos, tomen más de una. Tomen tantas como quieran. Yo invito.

Sonó una risita ahogada detrás de ella y Jez efectuó un gesto tajante para detenerla. Volvió a hacerse el silencio. Los dos grupos estaban de pie el uno frente al otro, seis matones cabezas rapadas a un lado y la banda de Jez al otro. Pero la gente de Jez no eran exactamente miembros normales de una banda.

Los ojos del líder de los cabezas rapadas se trasladaron al montón. Luego se abalanzó repentinamente y se alzó con algo en la mano.

Una pistola, por supuesto; ellos siempre elegían pistolas. Ésa en particular resultaba ilegal comprarla en California: una arma semiautomática de asalto de gran calibre. El cabeza rapada la alzó con un veloz movimiento y apuntó directamente a Jez.

Jez echó la cabeza atrás y lanzó una carcajada.

Todo el mundo la miraba con atención... y eso era perfecto. Tenía un aspecto magnífico y lo sabía.

Con las manos en la cintura, la melena roja cayendo por encima de los hombros hasta la espalda, un rostro de líneas delicadas alzado hacia el cielo... ¡sí, resultaba espléndida! Alta, orgullosa, fiera... y muy hermosa. Era Jez Redfern, la cazadora.

Bajó la barbilla y clavó en el líder de la banda sus ojos entre plateados y azules, un color que él no podía haber visto nunca antes, porque ningún humano tenía unos ojos así.

Él no lo captó. No parecía el más listo del grupo.

—Persigue esto —dijo, y disparó el arma.

Jez se movió en el último instante. No es que el metal fuera a herirla de gravedad al atravesarle el pecho, pero podría haberla derribado hacia atrás y eso era lo último que deseaba. Acababa de relevar a Morgead en el liderazgo de la banda, y no quería mostrar ninguna debilidad.

La bala le atravesó el brazo izquierdo, con una pequeña explosión de sangre y un agudo ramalazo de dolor al fracturar el hueso antes de seguir adelante. Jez entrecerró los ojos, pero mantuvo la sonrisa.

Entonces echó una mirada al brazo y perdió la sonrisa, que reemplazó por un quejido. No había tenido en cuenta los daños en la manga. Ahora había un agujero ensangrentado en ella. ¿Por qué no pensaba nunca en esas cosas?

—¿Sabes lo que cuesta el cuero? ¿Sabes lo que vale una chamarra como ésta? —Avanzó hacia el cabeza rapada.

Éste pestañeaba y parecía en otro mundo, incapaz de entender cómo se había movido ella tan de prisa y por qué no aullaba de dolor. Apuntó con la pistola y volvió a disparar una y otra vez, cada vez más frenéticamente.

Jez esquivó los proyectiles. No quería más agujeros. Su brazo estaba sanando ya, la herida se cerraba y la piel volvía a regenerarse, pero por desgracia la chamarra no podía hacer lo mismo. Alcanzó al cabeza rapada sin recibir ningún otro impacto de bala y lo agarró por la solapa de la chamarra de aviador verde y negra del ejército del aire, y lo alzó en el aire con una sola mano, hasta que las punteras de acero de sus botas Doc Marten quedaron unos centímetros por encima del suelo.

—Será mejor que corras, chico —dijo, y luego lo lanzó con fuerza.

Salió despedido por los aires a una distancia notable y rebotó en un árbol. Se levantó gateando, con los ojos desorbitados de terror y la respiración entrecortada. La miró, miró a su banda, luego dio media vuelta y salió corriendo por entre las secuoyas.

Los otros miembros de la banda lo siguieron con la mirada durante un momento antes de abalanzarse sobre el montón de armas. Jez los observó, frunciendo el ceño. Acababan de ver lo efectivas que eran las armas de fuego contra personas como ella y aun así elegían los revólveres, dejando de lado cuchillos de bambú afilado, flechas de tejo y un precioso bastón de colubrina de lo más útiles.

A continuación las cosas se tornaron ruidosas durante un rato cuando los cabezas rapadas se alzaron con las armas y empezaron a disparar. La banda de Jez esquivó con facilidad los proyectiles, pero una voz exasperada sonó en la cabeza de la joven.

11

¿Podemos ir tras ellos ahora? ¿O todavía quieres alardear un poco más?

Dirigió una veloz mirada a su espalda. Morgead Blackthorn tenía diecisiete años, un año más que ella, y era su peor enemigo. Era engreído, impetuoso, obstinado y estaba hambriento de poder...

—Les he dicho tres minutos —respondió en voz alta—. ¿Quieres que incumpla mi palabra?

Y durante ese instante, mientras le gruñía, dejó de controlar la trayectoria de las balas.

Lo siguiente que notó fue cómo Morgead la derribaba sobre la espalda y se quedaba tumbado sobre ella. Algo zumbó por encima de ambos y se incrustó en un árbol, lanzando una lluvia de corteza.

Los ojos verdes como joyas de Morgead descendieron hacia ella con una mirada furiosa.

—Pero... no... están... corriendo —dijo con exagerada paciencia—. Por si no te has dado cuenta.

Estaba demasiado cerca. Tenía las manos a cada lado de su cabeza y el peso de su cuerpo sobre ella. Jez se lo quitó de encima de una fuerte patada, furiosa con él y horrorizada consigo misma.

—Éste es mi juego. Se me ocurrió a mí. ¡Lo jugaremos a mi modo! —aulló.

De todos modos, los cabezas rapadas ya se estaban dispersando, tras advertir por fin que disparar no les serviría de nada. Corrían, abriéndose paso violentamente a través de los helechos.

—¡De acuerdo, ya! —dijo Jez—. Pero el cabecilla es mío.

Hubo un coro de gritos y llamadas a la caza por parte de su banda. Val, el más grandote y siempre el más impaciente, salió corriendo el primero, gritando algo parecido a «¡Yiiiijaaa!». Luego salieron Thistle y Raven, la menuda rubia y la alta muchacha de tez morena, que se mantuvieron juntas como siempre. Pierce se quedó atrás, clavando los fríos ojos en un árbol para dar a su presa la ilusión de que escapaba.

Jez no prestó atención a lo que hacía Morgead. ¿Por qué tendría que importarle?

Inició la marcha en la dirección que había tomado el líder de los cabezas rapadas. Pero no siguió exactamente el mismo camino que él, sino que avanzó por entre los árboles, saltando de una secuoya a otra. Aquellos gigantescos árboles eran los mejores; eran los que tenían las ramas más gruesas, aunque las protuberancias con aspecto de verrugas llamadas nudos que tenían las secuoyas costeras también eran buenos puntos de aterrizaje. Jez saltaba, se sujetaba y volvía a saltar, efectuando de vez en cuando acrobáticas volteretas al agarrar una rama sólo por diversión.

Adoraba el bosque Muir. Incluso a pesar de que todo lo que la rodeaba era letal... o tal vez precisamente por eso. Le gustaba correr riesgos. Y el lugar era hermoso: el silencio catedralicio, el verdor musgoso, el olor a resina.

La semana anterior habían dado caza a siete miembros de una banda por el parque del Golden Gate. Había sido agradable, pero no íntimo realmente, y no pudieron dejar que los humanos se defendiesen demasiado; el sonido de disparos en el parque atraería la atención. El bosque Muir había sido idea de Jez; se trataba de secuestrar a los miembros de la banda y llevarlos allí, donde nadie los molestaría. Les darían armas. Sería una cacería de verdad, con auténtico peligro.

Se acuclilló sobre una rama para recuperar el resuello. Sencillamente no existía suficiente peligro auténtico en el mundo, se dijo. No como en los viejos tiempos, cuando todavía había cazadores de vampiros en el Área de la Bahía. A sus padres los habían matado ellos. Pero ahora todos habían sido eliminados, no había ya nada que fuera realmente pavoroso...

Se quedó inmóvil. Sonó un crujido casi inaudible en la pinaza situada por delante de ella, y se puso en movimiento al instante, otra vez, saltando con intrepidez de la rama al espacio y aterrizando a continuación sobre la mullida alfombra de pinaza con las rodillas dobladas. Se volteó y se quedó cara a cara con el cabeza rapada.

—Hola —dijo.

2

El rostro del chico estaba contraído, los ojos muy abiertos. La contempló fijamente, respirando con dificultad igual que un animal herido.

—Lo sé —dijo Jez——. Has corrido muy de prisa. No puedes ni imaginar a qué velocidad de vértigo he corrido yo.

—Tú... no... eres... humana —jadeó el cabeza rapada entre una gran cantidad de otras palabras, de esas que a los humanos les gusta utilizar cuando están disgustados.

—Bravo, lo has adivinado —repuso ella en tono jubiloso, haciendo caso omiso de las obscenidades—. No eres tan estúpido como pareces.

—¿Qué... diablos... eres?

—La muerte. —Jez le sonrió—. ¿Vas a pelear? Espero que sí.

Él volvió a alzar torpemente la pistola. Las manos le temblaban tanto que apenas era capaz de apuntar con ella.

—Me parece que te has quedado sin munición —indicó Jez—. Pero de todos modos una rama sería mejor. ¿Quieres que te parta una?

Él apretó el gatillo, pero el arma se limitó a emitir un clic. Se la quedó mirando.

Jez le sonrió, mostrando los dientes.

Sintió cómo crecían a medida que entraba en modo alimentación. Los colmillos alargándose y curvándose hasta ser tan afilados y translúcidos como los de un gato. Le gustó la sensación que le produjo un leve corte en el labio inferior mientras entreabría la boca.

Ése no fue el único cambio. Sabía que sus ojos se estaban transformando en plata líquida y que los labios se volvían más rojos y gruesos al fluir la sangre a su interior ante la expectativa de alimentarse; todo su cuerpo adquiría una indefinible carga de energía.

El cabeza rapada la contempló mientras se volvía más y más hermosa, más y más inhumana. Y a continuación pareció doblarse sobre sí mismo. Con la espalda contra un árbol, resbaló hasta quedar sentado en el suelo en medio de unas setas de color café claro. Tenía la vista clavada justo al frente.

La mirada de Jez se vio atraída hacia el rayo doble que el chico tenía tatuado en el cuello. «Justo... ahí», pensó. La piel parecía razonablemente limpia, y el olor a sangre resultaba tentador; corría por allí, llena de gran cantidad de adrenalina, por las venas azules justo bajo la superficie. Casi la embriagó el simple hecho de pensar en extraerla.

El miedo era una buena cosa; añadía aquel condimento extra al sabor. Como en aquellas tartas que tanto le gustaban. Iba a ser estupendo.

Entonces oyó un sonido quedo y entrecortado.

El cabeza rapada lloraba.

No era un berrear escandaloso; tampoco lloriqueaba o suplicaba. Simplemente lloraba como un niño. Las lágrimas descendían lentamente por las mejillas mientras temblaba.

—Te tenía en mejor concepto —dijo Jez.

Sacudió los cabellos, meneándolos con desdén, pero algo en su interior pareció tensarse.

16

Él no dijo nada; se limitó a mirarla fijamente —no, a mirar a través de ella— y lloró. Jez sabía lo que el otro veía: su propia muerte.

—¡Oh, vamos! —dijo—. Así que no quieres morir. ¿Quién quiere hacerlo? Pero has matado a gente antes. Tu banda mató a aquel chico llamado Juan la semana pasada. ¿Pueden repartir muerte, pero no son capaces de aceptarla cuando es su turno?

Él siguió callado. Ya no la apuntaba con la pistola; la sujetaba con ambas manos contra su propio pecho como si fuera un osito de peluche o algo parecido. Tal vez deseara matarse para escapar de ella; tenía la boca del cañón bajo la barbilla.

Algo en el interior de Jez se tensó aún más. Se tensó y retorció hasta impedirle respirar. ¿Qué era lo que le pasaba? Aquel chico no era más que un humano, y un humano de la peor especie. Realmente merecía morir, y no sólo porque ella estuviera hambrienta.

Pero el sonido de aquel llanto... Parecía tirar de ella. Casi tuvo una sensación de *déjà vu*, como si todo aquello hubiera sucedido antes; pero no era así, sabía que no había sucedido.

El cabeza rapada habló por fin.

—Hazlo rápido —musitó.

Y la mente de Jez se vio sumida en el caos.

Con tan sólo aquellas palabras, de improviso ya no estaba en el bosque. Caía en el vacío, girando y dando vueltas, sin nada a lo que agarrarse. Vio imágenes en brillantes fogonazos inconexos. Nada tenía sentido; se zambullía en la oscuridad mientras una serie de escenas se desarrollaban ante su mirada impotente.

—Hazlo rápido —musitó alguien.

Hubo un fogonazo y Jez vio de quién se trataba: era una mujer con cabellos de un rojo oscuro y delicados hombros huesudos. Tenía el rostro de una princesa medieval.

—No me defenderé —dijo la mujer—. Mátame, pero deja vivir a mi hija.

Madre...

Eran sus recuerdos.

Quería ver más de su madre; carecía de cualquier recuerdo consciente de la mujer que la había dado a luz. Pero en su lugar hubo otro fogonazo: una niña pequeña estaba acurrucada en un rincón, temblando. La pequeña tenía cabellos rojos como el fuego y unos ojos entre plateados y azules, y estaba tan asustada...

Un nuevo fogonazo. Un hombre alto corría hacia la niña, se volvía y se colocaba delante de ella.

—¡Déjenla en paz! No es culpa suya. ¡No tiene por qué morir!

Papá.

Sus padres, a los que habían matado cuando ella tenía cuatro años. Ejecutados por cazadores de vampiros...

Otro fogonazo y vio una pelea. Sangre. Figuras oscuras forcejeaban con sus padres. Y gritos que no acababan de convertirse en palabras.

Y entonces una de las figuras oscuras alzó a la niña del rincón y la sostuvo bien en alto... y Jez vio que tenía colmillos. No era un cazador de vampiros; era un vampiro.

Y la pequeña, cuya boca estaba abierta en un lamento, no tenía colmillos.

De repente, Jez pudo comprender los gritos.

—¡Mátenla! ¡Maten a la humana! ¡Maten al monstruo de feria!

Los gritos se referían a ella.

Jez regresó a la realidad. Estaba en el bosque Muir, arrodillada en los helechos y el musgo, con el cabeza rapada encogido de miedo ante ella. Todo era igual... pero todo era diferente. Se sentía aturdida y aterrada.

18

¿Qué significaba aquello?

Debía de ser simplemente alguna alucinación grotesca. Tenía que serlo. Sabía cómo habían muerto sus padres. A su madre la habían matado en el acto los cazadores de vampiros, y su padre, que había recibido una herida mortal, había conseguido llevar a la pequeña Jez, de cuatro años, a casa de su hermano antes de morir. Tío Bracken la había criado, y le había contado la historia una y otra vez.

Pero aquellos gritos...

No significaban nada. No era posible. Ella era Jez Redfern, más vampira que nadie, incluido Morgead. De todos los lamia, los vampiros que podían tener hijos, su familia era la más importante. Su tío Bracken era un vampiro, como también lo era su padre, y el padre de su padre, y así, retrocediendo en el tiempo hasta Hunter Redfern.

Pero su madre...

¿Qué sabía sobre la familia de su madre? Nada. Tío Bracken siempre se limitaba a decir que procedía de la costa Este.

Algo dentro de Jez temblaba. No quería formular la siguiente pregunta, pero las palabras le acudieron a la mente de todos modos, contundentes e inexorables.

¿Y si su madre había sido una humana?

Eso convertiría a Jez en...

No. No era posible. No era tan sólo que la ley del Night World prohibiera a los vampiros enamorarse de humanos; era que no existía la posibilidad de un híbrido de vampiro y humano. No podía darse el caso; no se había dado en veinte mil años. Cualquiera que fuera así sería un monstruo de feria...

El temblor en su interior empeoraba por momentos.

Se puso en pie despacio y únicamente advirtió de un modo vago que el cabeza rapada emitía un sonido aterrado. Le era imposible concentrarse en él; tenía la vista clavada entre las secuoyas.

Si fuera cierto... no podía en modo alguno ser cierto, pero si fuera cierto... tendría que abandonarlo todo. A tío Bracken. A la banda.

Y a Morgead. Tendría que dejar a Morgead. Por alguna razón eso provocó que se le formara un nudo en la garganta.

Y se marcharía... ¿adónde? ¿Qué clase de lugar había para un monstruo de feria medio humano y medio vampiro?

No existía tal lugar en el Night World. Eso con seguridad; los Miembros del Night World tendrían que matar a cualquier criatura así.

El cabeza rapada emitió otro sonido, un pequeño lloriqueo. Jez pestañeó y lo miró.

No podía ser cierto, pero de repente ya no tenía ganas de matarlo. De hecho, tenía una sensación como de horror a cámara lenta que se iba apoderando de ella, como si algo en su cerebro estuviera haciendo la cuenta de todos los humanos a los que había herido y matado a lo largo de los años. Algo se estaba apoderando de sus piernas, haciendo que las rodillas parecieran de goma; algo le aplastaba el pecho, haciendo que sintiera como si estuviera a punto de vomitar.

—Vete de aquí —musitó al cabeza rapada.

Éste cerró los ojos, y cuando habló lo hizo como en una especie de gemido.

—Te limitarás a darme caza.

—No.

Pero comprendía su miedo. Era una cazadora. Había cazado a tanta gente, a tantos humanos...

Jez se estremeció violentamente y cerró los ojos. Era como si de pronto se hubiera visto en un espejo y la imagen le resultara insoportable. No era Jez la orgullosa, fiera y hermosa. Era Jez la asesina.

Tengo que detener a los otros.

La llamada telepática que envió era casi un alarido. *¡Todo el* *mundo! Soy Jez. ¡Vengan a mí, al instante! ¡Dejen lo que estén haciendo y vengan!*

Sabía que la obedecerían; eran su banda, al fin y al cabo. Pero ninguno de ellos a excepción de Morgead poseía poder telepático suficiente para responder desde la distancia.

¿Qué sucede?, preguntó él.

Jez se quedó muy quieta. No podía contarle la verdad. Morgead odiaba a los humanos. Si supiera siquiera lo que ella sospechaba... el modo en que la miraría...

Sentiría náuseas; por no mencionar que indudablemente tendría que matarla.

Se los explicaré luego, le contestó, sintiéndose aturdida. *Acabo de descubrir... que no es seguro alimentarse aquí.*

A continuación cortó de golpe el vínculo telepático, temerosa de que él percibiera demasiado de lo que le estaba pasando interiormente.

Permaneció de pie abrazándose a sí misma, con la vista fija entre los árboles. Luego echó un vistazo al cabeza rapada, que seguía acurrucado en los helechos.

Había una última cosa que tenía que hacer con él.

Haciendo caso omiso del violento estremecimiento del muchacho, alargó la mano y le tocó una vez en la frente con un dedo extendido. Un contacto suave y preciso.

—No recuerdes... nada —dijo—. Ahora vete.

Sintió cómo el poder fluía fuera de ella, enrollándose alrededor del cerebro del cabeza rapada para cambiarle la química y reordenar sus pensamientos. Era algo que se le daba muy bien.

Los ojos del muchacho se quedaron en blanco. Jez no lo vigiló mientras él empezaba a arrastrarse lejos de allí.

En todo lo que podía pensar en aquel momento era en ir a ver a tío Bracken. Él respondería a sus preguntas; él se lo explicaría y le demostraría que nada de aquello era cierto.

Él lo solucionaría todo.

3

Jez cruzó la puerta de la calle como una exhalación y fue directo a la pequeña biblioteca situada frente al vestíbulo principal. Su tío estaba sentado allí ante el escritorio, rodeado de estanterías empotradas. Alzó los ojos sorprendido.

—Tío Bracken, ¿quién era mi madre? ¿Cómo murieron mis padres?

Todo surgió en una misma oleada. Y luego Jez quiso decir: «Dime la verdad», pero en su lugar se oyó decir en tono frenético:

—Dime que no es cierto. No es posible, ¿verdad? Tío Bracken, estoy tan asustada.

Su tío la contempló fijamente por un momento. Había sobresalto y desesperación en su rostro. Luego inclinó la cabeza y cerró los ojos.

—Pero ¿cómo es posible? —musitó Jez—. ¿Cómo estoy yo aquí?

Habían transcurrido horas y el amanecer teñía la ventana. Estaba sentada en el suelo, con la espalda apoyada en una estantería, donde se había dejado caer, mirando vacuamente a lo lejos.

—¿Te refieres a cómo puede una mestiza de vampiro y humano existir? No lo sé. Tus padres jamás lo supieron. Jamás esperaron tener hijos. —El tío Bracken se pasó las manos por los cabellos, con la cabeza gacha—. Ni siquiera se dieron cuenta de que podrías vivir como un vampiro. Tu padre te trajo a mí porque se moría y yo era la única persona en la que podía confiar. Sabía que no te entregaría a los Antiguos del Night World.

—A lo mejor deberías haberlo hecho —susurró Jez.

Tío Bracken siguió hablando como si no la hubiera oído.

—Vivías sin sangre por entonces. Parecías una niña humana. No sé qué me impulsó a tratar de averiguar si podías aprender a alimentarte. Te traje un conejo y lo mordí por ti y te dejé oler la sangre. —Emitió una corta risa al recordarlo—. Y tus dientecitos se afilaron al momento y supiste qué hacer. Fue entonces cuando supe que eras una auténtica Redfern.

—Pero no lo soy. —Jez oyó las palabras como si las pronunciara otra persona desde lejos—. Ni siquiera soy un miembro del Night World. Soy chusma.

El tío Bracken dejó de sujetarse los cabellos y la miró; sus ojos, por lo general del mismo azul plateado que los de Jez, ardían con una llama auténticamente plateada.

—Tu madre era una mujer buena —dijo en tono áspero—. Tu padre renunció a todo para que pudieran estar juntos. Ella no era chusma.

Jez desvió la mirada, pero no se sentía avergonzada. Estaba atontada. No sentía nada salvo un vacío enorme en su interior, que se estiraba infinitamente en todas direcciones.

Y eso estaba bien, porque no quería volver a sentir nada nunca. Todo lo que había sentido en su vida —todo lo que podía recordar— había sido una mentira.

No era una cazadora, una depredadora que cumplía con su cometido en el esquema de las cosas al dar caza a presas legítimas. Era una asesina. Era un monstruo.

—No puedo seguir aquí —dijo.

Tío Bracken hizo una mueca de perplejidad.

—¿Adónde irás?

—No lo sé.

Él soltó aire y habló despacio y con tristeza.

—Tengo una idea.

4

Regla Número Uno para vivir con humanos. Límpiate siempre la sangre antes de entrar en casa.

Jez estaba de pie ante la llave que había en el exterior. El agua helada salpicaba sus manos. Restregaba —con cuidado— una daga larga y fina hecha de bambú partido por la mitad, con un filo tan cortante como el cristal. Cuando estuvo limpia, la deslizó al interior de la bota alta derecha. A continuación mojó varias manchas de la camiseta y los jeans y las restregó con una uña. Finalmente, extrajo un espejo de bolsillo y se examinó el rostro con ojo crítico.

La muchacha con la que se encontró en el cristal no se parecía mucho a la cazadora salvaje y risueña que había saltado de árbol en árbol en el bosque Muir. Las facciones eran las mismas, claro; la altura del pómulo, la curva de la barbilla. Incluso se habían afinado un poco porque tenía un año más. La roja mata de pelo también era la misma, aunque ahora estaba recogida atrás en un intento de sujetar su llameante desorden. La diferencia estaba en el semblante, que era más triste y sensato de lo que Jez había imaginado nunca que podría ser, y en los ojos.

Los ojos no eran tan plateados como lo habían sido, ni tan

peligrosamente hermosos. Pero eso era de esperar, porque había descubierto que no necesitaba beber sangre siempre y cuando no usara sus poderes de vampiro. La comida humana la mantenía con vida... y le daba un aspecto más humano.

Había otra cosa respecto a los ojos. Eran aterradoramente vulnerables, incluso para Jez. No importaba lo mucho que intentara hacerlos resultar duros y amenazadores, tenían la expresión herida de un ciervo que sabe que va a morir y lo acepta. A veces se preguntaba si eso sería un presagio.

Bien. No tenía sangre en la cara. Volvió a meter el espejo en el bolsillo. Estaba más bien presentable, aunque llegaba sumamente tarde para la cena. Cerró la llave y se encaminó a la puerta trasera de la alargada casa de un solo piso.

Todo el mundo alzó los ojos cuando ella entró.

La familia estaba en la cocina, comiendo en la mesa de roble con el reborde blanco, bajo la brillante luz fluorescente. La televisión berreaba alegremente en la sala de estar. El tío Jim, el hermano de su madre, masticaba tacos y miraba el correo; tenía el pelo rojo más oscuro que el de Jez y un rostro alargado que parecía casi tan medieval como el que había tenido la madre de la muchacha. Por lo general andaba sumido en un benévolo y preocupado ensueño en un lugar indeterminado, si bien ahora agitó un sobre en dirección a Jez y le dirigió una mirada de reproche, pero no pudo decir nada porque tenía la boca llena.

Tía Nanami estaba al teléfono, bebiendo un vaso de cocacola light. Era menuda, con un brillante pelo oscuro y ojos que se transformaban en medias lunas cuando sonreía. Abrió la boca y miró a Jez con el ceño fruncido, pero tampoco pudo decir nada.

Ricky, de diez años, tenía el pelo color zanahoria y cejas expresivas. Dedicó a Jez una enorme sonrisa que mostró el taco que masticaba en su boca y dijo:

—¡Hola!

Claire, que tenía la edad de Jez, estaba sentada con todo decoro, comiendo trozos de taco con el tenedor; parecía una versión más pequeña de tía Nan, pero con un semblante muy avinagrado.

—¿Dónde has estado? —preguntó—. Hemos retrasado casi una hora la cena por ti y ni siquiera has llamado.

—Lo siento —dijo Jez, mirándolos a todos.

Era una escena familiar tan increíblemente normal, tan totalmente típica, que le llegó al corazón.

Había transcurrido más de un año desde que había abandonado el Night World para ir al encuentro de aquellas personas, los parientes de su madre. Hacía once meses y medio que tío Jim la había acogido, sin saber nada de ella excepto que era su sobrina huérfana y que la familia de su padre ya no podía manejarla y la había dejado por imposible. Todos esos meses, había vivido con la familia Goddard... y seguía sin encajar.

Podía parecer humana, podía actuar como una humana, pero no podía serlo.

En el mismo instante en que el tío Jim tragaba y conseguía tener la boca vacía para hablar, Jez dijo:

—No tengo hambre. Creo que me limitaré a ir a hacer mi tarea.

—¡Espera un minuto! —le gritó tío Jim mientras ella se alejaba, pero fue Claire quien dejó ruidosamente la servilleta sobre la mesa y siguió a Jez a través del vestíbulo hasta el otro lado de la casa.

—¿Qué quiere decir «Lo siento»? Haces esto cada día. Siempre estás desapareciendo; la mitad de las veces estás fuera hasta pasada la medianoche, y luego ni siquiera tienes una explicación que ofrecer.

—Sí, lo sé, Claire —respondió Jez sin mirar atrás—. Intentaré mejorar.

—Siempre dices eso. Y siempre es exactamente lo mismo.

¿No te das cuenta de que mis padres se inquietan por ti? ¿Es que ni siquiera te importa?

—Sí, claro que me importa, Claire.

—No actúas como si fuera así. Actúas como si las normas no tuvieran nada que ver contigo. Dices que lo sientes pero vas a volver a hacerlo.

Jez tuvo que controlarse para no voltearse y replicarle de mala manera a su prima; todos los demás miembros de la familia le caían bien, pero Claire era una auténtica pesada.

Peor aún, era una auténtica pesada, pero muy astuta. Y tenía razón; Jez iba a volver a hacerlo, y no existía la menor posibilidad de que pudiera explicarse.

Lo que sucedía era que los cazadores de vampiros tenían un horario de lo más extraño.

Cuando le sigues la pista al equipo formado por un vampiro y un cambiante asesinos, como había estado haciendo Jez esa tarde, persiguiéndolos a través de los barrios bajos de Oakland, intentando acorralarlos en alguna casa de venta de *crack* donde no hay niños pequeños que puedan resultar heridos, no piensas en que te estás perdiendo la cena. No es cuestión de parar en plena acción de clavarle una estaca a un no muerto para llamar a casa.

Quizá no debería haberme convertido en una cazadora de vampiros, pensó Jez. *Pero es un poco tarde para cambiar ahora, y alguien tenía que proteger a estos estúpidos..., a estos humanos inocentes, del Night World.*

¡Oh, vaya!

Había llegado a la puerta de su dormitorio y, en lugar de gritarle a su prima, se limitó a voltearse a medias y decir:

—¿Por qué no vas a trabajar en tu página web, Claire?

Luego abrió la puerta y echó un vistazo dentro.

Y se quedó paralizada.

La habitación, que había dejado en un estado de pulcritud

absoluta, estaba toda patas arriba. La ventana estaba abierta de par en par, había papeles y ropa esparcidos por el suelo, y tenía a un necrófago enorme al pie de la cama.

El necrófago abrió la boca en dirección a Jez con gesto amenazador.

—Vaya, muy divertido —decía Claire en aquel momento, justo detrás de ella—. Quizá debería ayudarte con tu tarea. Tengo entendido que no te está yendo demasiado bien en química...

Jez se movió con rapidez, cruzando ágilmente la puerta y cerrándosela a Claire en las narices, a la vez que presionaba el pequeño picaporte para encerrarse dentro.

—¡Eh! —Claire sonaba en aquellos momentos realmente furiosa—. ¡Eso es una grosería!

—¡Uy, lo siento, Claire!

Jez se volteó hacia el necrófago. ¿Qué hacía allí? Si la había seguido hasta su casa, tenía serios problemas, porque significaba que el Night World sabía dónde estaba.

—¿Sabes, Claire?, creo que realmente necesito estar sola durante un rato; no puedo platicar y hacer la tarea a la vez. —Dio un paso hacia la criatura, observando su reacción.

Los necrófagos son semivampiros. Son lo que queda de un humano al que sangran pero que no recibe sangre de vampiro suficiente a cambio para convertirse en un vampiro auténtico. Son no muertos pero en proceso de putrefacción, con una mente que funciona apenas, y con una sola idea en el mundo: beber sangre, lo que acostumbran a hacer comiendo tanta cantidad de un cuerpo humano como sea posible. Les encantan los corazones.

Aquel necrófago era nuevo, debía de llevar unas dos semanas muerto. Era varón y daba la impresión de haber sido un culturista, aunque en la actualidad no era tanto un cuerpo torneado como un cuerpo inflado; todo él hinchado por el gas de la descomposición. Lengua y ojos sobresalían de su rostro, sus mejillas eran como las de la ardilla listada, y le supuraba fluido sanguinolento de la nariz.

Aparte, por supuesto, de que no olía nada bien.

A medida que se acercaba más, Jez advirtió de improviso que el necrófago no estaba solo; ahora podía ver al otro lado del pie de la cama, y había un muchacho tendido en la alfombra, al parecer sin sentido. El muchacho tenía cabellos claros y ropas arrugadas, pero no podía verle la cara. El necrófago estaba agachado sobre él, intentando agarrarlo con aquellos dedos que parecían salchichas.

—Me parece que no —dijo Jez a la criatura en voz baja.

Sintió cómo se dibujaba una sonrisa peligrosa en su rostro, y metió la mano en la bota derecha para sacar la daga.

—¿Qué has dicho? —gritó Claire desde el otro lado de la puerta.

—Nada, Claire. Tan sólo sacaba mi tarea.

Saltó sobre la cama. Su adversario era muy grande... necesitaba toda la altura que pudiera conseguir.

El necrófago se volteó para mirarla; sus apagados ojos saltones se fijaron en la daga. Emitió un pequeño murmullo alrededor de la hinchada lengua, pero, por suerte, era todo el ruido que podía emitir.

Claire sacudía la puerta.

—¿La has cerrado? ¿Qué estás haciendo ahí dentro?

—Trato de estudiar, Claire. Vete.

Jez lanzó una patada en dirección al necrófago, alcanzándolo bajo la barbilla. Necesitaba aturdirlo y clavarle la estaca con rapidez. Los necrófagos no eran listos, pero sí muy persistentes; aquél podía comerse a toda la familia Goddard esa misma noche y seguir estando hambriento al amanecer.

La criatura golpeó contra la pared situada frente a la cama. Jez saltó al suelo, y se colocó entre la cama y el muchacho que estaba tendido en el suelo.

—¿Qué ha sido ese ruido? —aulló Claire.

—Nada, se me ha caído un libro.

El necrófago intentó golpearla. Jez lo esquivó. La criatura tenía ampollas gigantescas en los brazos, del color medio café de la sangre reseca.

Se abalanzó sobre ella con la intención de aplastarla contra la cómoda. Jez se arrojó hacia atrás, pero no tenía mucho espacio para maniobrar y la alcanzó en el estómago con un codo, asestándole un golpe estremecedor.

Jez se negó a doblarse al frente. Retorció el cuerpo y ayudó al necrófago a seguir en la dirección en la que ya iba, dándole impulso con el pie y haciendo que chocara contra el asiento empotrado bajo la ventana, donde quedó tendido de bruces.

—¿Qué es lo que sucede ahí dentro?

—Sólo estoy buscando algo.

Jez tenía que actuar antes de que el necrófago pudiese recuperarse, así que de un salto se colocó a horcajadas sobre sus piernas. Lo agarró del pelo, pero aquello fue una idea pésima, ya que éste se desprendió a puñados en su mano. Arrodillada sobre él para mantenerlo quieto, alzó el fino cuchillo de bambú en alto y lo bajó con fuerza.

Sonó un reventón y hubo un olor terrible. El cuchillo había penetrado justo por debajo del omóplato, casi quince centímetros al interior del corazón.

El necrófago se convulsionó una vez y dejó de moverse.

La voz de Claire le llegó muy aguda desde detrás de la puerta cerrada.

—¡Mamá! ¡Jez está haciendo algo ahí dentro!

Luego le llegó la voz de tía Nan:

—Jez, ¿estás bien?

Jez se puso en pie, extrajo la daga de bambú y la limpió en la camisa del necrófago.

—Todo bien, es que tenía algunos problemas para encontrar una regla...

El necrófago estaba en una posición perfecta. Le rodeó la cintura con los brazos, haciendo caso omiso de la sensación de piel soltándose bajo sus dedos, y lo izó sobre el asiento de debajo de la ventana. No había muchas chicas humanas que pudieran levantar casi noventa kilos de peso muerto, e incluso Jez acabó un poco sin aliento. Dio un empujón a la criatura, haciéndola rodar hasta que llegó a la ventana abierta; luego la metió de cualquier modo por el hueco y maniobró hasta echarla fuera. Cayó pesadamente en un arriate de alegrías de la casa, aplastando las flores.

Estupendo. Ya lo arrastraría lejos más tarde esa noche para deshacerse de él.

Recuperó el aliento, se restregó las manos para limpiarlas y cerró la ventana; corrió las cortinas totalmente, luego se dio la vuelta. El muchacho de pelo rubio yacía totalmente inmóvil. Jez le tocó la espalda con suavidad y vio que respiraba.

La puerta traqueteó y la voz de Claire se elevó histéricamente.

—Mamá, ¿hueles eso?

—¡Jez! —llamó tía Nan.

—¡Ya voy!

La joven paseó una mirada por la habitación. Necesitaba algo... ahí. La cama.

Agarró con una mano la ropa de cama del lado de la cabecera, y echó edredón, mantas y sábana hacia atrás de modo que colgaran por encima de los pies de la cama, tapando por entero al muchacho. Arrojó un par de almohadones sobre el montón por si acaso, luego tomó una regla del escritorio. A continuación abrió la puerta, se recostó en el quicio con indiferencia, e hizo aparecer su sonrisa más radiante.

—Lamento el barullo —dijo—. ¿Qué puedo hacer por ustedes?

Claire y tía Nan se limitaron a mirarla fijamente.

Claire parecía una gatita enojada y desgreñada. Los finos cabellos oscuros que enmarcaban su rostro estaban alborotados; respiraba con dificultad, y sus ojos almendrados lanzaban chispas. Tía Nan parecía más preocupada y consternada.

—¿Estás bien? —preguntó, inclinándose ligeramente hacia adelante para intentar echar una mirada a la habitación de Jez—. Se oía mucho ruido.

Y habrían oído mucho más antes de no haber estado mirando la televisión.

—Estoy perfectamente. Estoy súper bien. Ya saben lo que es cuando una no puede encontrar algo. —Jez alzó la regla y luego retrocedió y abrió más la puerta.

Los ojos de tía Nan se abrieron de par en par a medida que asimilaba todo aquel revoltijo.

—Jez... Esto no es lo que sucede cuando no puedes encontrar una regla. Esto parece la habitación de Claire.

La aludida emitió un entrecortado sonido de indignación.

—Eso no es así. Mi habitación nunca ha estado tan mal. Y ¿qué es ese olor?

Se abrió paso por delante de tía Nan y avanzó hacia Jez, quien se movió lateralmente para evitar que llegara al montón de mantas.

Claire se detuvo en seco de todos modos, y arrugó el semblante. Se colocó una mano sobre la nariz y la boca.

—Eres tú —dijo, señalando a Jez—. Tú eres la que huele así.

—Lo siento. —Era cierto; entre el contacto que había tenido con el necrófago y el cuchillo sucio que llevaba en la bota, apestaba de lo lindo—. Creo que pisé algo de camino a casa.

—No olí nada cuando entraste —dijo Claire con suspicacia.

—Y ésa es otra cosa —dijo tía Nan.

La mujer había estado paseando la mirada por la habitación, pero no había nada sospechoso que ver excepto el insólito revoltijo..., las cortinas colgaban inmóviles sobre la ventana cerrada; el montón de ropa de cama del suelo estaba quieto. Volvió a girar la cabeza en dirección a Jez.

—No telefoneaste para decir que volverías a perderte la cena. Necesito saber adónde vas después de clase, Jez. Necesito saber cuándo vas a estar fuera hasta tarde. Es una cuestión de cortesía elemental.

—Lo sé. Lo recordaré la próxima vez. De verdad que lo haré.

Jez lo dijo con toda la sinceridad posible, y en un tono de voz que esperaba que zanjara el tema. Necesitaba deshacerse de aquellas personas y echar un vistazo al chico de debajo de las mantas, que podría estar gravemente herido.

Tía Nan asentía.

—Será mejor que lo hagas. Y será mejor que te des un baño antes de hacer nada más. Arroja tu ropa al lavadero; la pondré con la ropa para lavar.

Hizo intención de besar a Jez en la mejilla, pero se detuvo, arrugó la nariz, y luego se limitó a dedicarle un nuevo movimiento de cabeza.

—¿Y eso es todo? ¿Ya está? —Claire miraba a su madre con incredulidad—. Mamá, Jez trama algo, ¿no te das cuenta? Llega tarde, oliendo igual que una rata muerta y a alcantarilla y a qué sé yo, y se encierra aquí dentro y anda pegando golpes, y encima nos cuenta mentiras, ¿y todo lo que vas a decir es «No vuelvas a hacerlo»? Ella siempre se sale con la suya por aquí...

—Claire, déjalo. Ha dicho que lo sentía. Estoy segura de que no dejará que vuelva a suceder.

—Si yo hiciera algo así me despellejarías, pero claro, si Jez lo hace, debe de estar bien. Y te diré algo más, se ha ido de pinta hoy. Se ha marchado antes de la última clase.

—¿Es eso cierto, Jez? —preguntó una nueva voz.

Tío Jim estaba de pie en la entrada, acariciándose la barbilla con sus largos dedos; tenía un semblante triste.

Era cierto. Jez se había ido temprano para tenderles una trampa al vampiro y al cambiante. La muchacha miró a su tío y efectuó un gesto de pesar con la cabeza y los hombros.

—Jez, no puedes hacer eso, en serio. Intento ser razonable, pero ésta es tan sólo la segunda semana del curso. No puedes volver a empezar con esta clase de comportamiento. No puede ser como el año pasado. —Meditó un momento—. A partir de ahora, dejarás la motocicleta en casa. Irás y volverás de la escuela con Claire, en el Audi.

Jez asintió.

—De acuerdo, tío Jim —dijo en voz alta.

Ahora márchense, añadió en silencio, pues finos tirabuzones de ansiedad se revolvían en su estómago.

—Gracias —repuso él, y le sonrió.

—¿Ven? —interpuso Claire; su voz alcanzó un agudo capaz de hacer añicos el cristal—. ¡Esto es justo de lo que hablo! ¡Ni siquiera le gritan, nunca! ¿Es porque temen que huya, como huyó de los parientes de su padre? Así que todo el mundo tiene que andar con pies de plomo a su alrededor porque de lo contrario simplemente se largará...

—Muy bien, se acabó. No quiero escuchar nada más. —Tía Nan hizo un ademán a Claire, luego se volteó para apartar a tío Jim de su camino—. Voy a retirar los platos de la cena. Si ustedes dos quieren pelearse, háganlo en silencio.

—No, es mejor que hagan las tareas de la escuela —dijo tío Jim, moviéndose despacio—. Ustedes dos hagan su tarea, ¿de acuerdo? —Miró a Jez de un modo que probablemente tenía intención de ser autoritario, pero que resultó melancólico—. Y mañana ven a casa a la hora.

Jez asintió. Ambos adultos desaparecieron entonces, pero Claire siguió con la vista fija en la dirección por la que se habían ido. Jez no pudo estar segura, pero le pareció que tenía lágrimas en los ojos.

Sintió una punzada de dolor. Desde luego, Claire había dado del todo en el clavo sobre la libertad de acción que tía Nan y tío Jim le daban. Y, desde luego, no era justo para Claire.

Debería decirle algo. Pobrecita. Realmente se siente fatal...

Pero antes de que pudiera abrir la boca, Claire giró y los ojos que habían estado húmedos hacía un momento centelleaban.

—Espera y verás —dijo—. Ellos no te han calado, pero yo sí. Tramas algo, y voy a descubrir qué es. Y no pienses que no puedo hacerlo.

Dio media vuelta y cruzó la puerta con paso majestuoso.

Jez permaneció allí parada durante un instante, sin saber qué decir, luego pestañeó y cerró la puerta con el pestillo. A continuación, por primera vez desde que había visto al necrófago, se permitió soltar una larga bocanada de aire.

Aquello había estado cerca. Y Claire hablaba en serio, lo que iba a ser un problema. Pero Jez no tenía tiempo para pensar en eso en ese momento.

Encendió la radio despertador del buró y buscó una emisora de música rock. Una ruidosa. Luego retiró la ropa del pie de la cama y se arrodilló.

El muchacho yacía bocabajo, con un brazo estirado sobre la cabeza. No pudo ver nada de sangre. Le sujetó el hombro y le dio la vuelta con cuidado.

Y se quedó sin aliento.

—Hugh.

5

El pelo claro del muchacho era más bien largo y le caía desordenadamente sobre la frente. Su rostro era agradable, serio, pero con un hoyuelo inesperado en la barbilla que le daba un aspecto un poco travieso; su cuerpo tenía una buena musculatura pero compacta; Jez sabía que puesto en pie el muchacho no era más alto que ella. Le empezaba a salir un gran chichón en la frente, justo por debajo del pelo que lo cubría. Lo más probable era que el necrófago lo hubiera golpeado contra algo.

Jez se levantó de un salto y tomó del buró una taza de plástico azul llena de agua, luego tomó una camiseta limpia del suelo y, tras mojarla en el agua, echó hacia atrás con cuidado los cabellos que le caían sobre la frente al muchacho.

Tenían un tacto sedoso bajo sus dedos. Más suave aún de lo que habría imaginado. Jez mantuvo el rostro inexpresivo y empezó a limpiarle la cara con la tela mojada.

Él no se movió. El corazón de la joven, que ya martilleaba con claridad, se aceleró. Inhaló profundamente y siguió pasando la tela húmeda.

Por fin, aunque probablemente no tenía nada que ver con el

agua, las pestañas oscuras del muchacho se movieron; tosió, inhaló, pestañeó y finalmente la miró.

Una sensación de alivio recorrió a Jez.

—No intentes incorporarte aún.

—Eso es lo que todos ellos dicen —convino él, y se incorporó.

Se llevó una mano a la cabeza y gimió. Jez lo sujetó.

—Estoy perfectamente —dijo él—. Sólo dile a la habitación que deje de moverse.

Paseó la mirada por la habitación, volvió a pestañear y de repente pareció comprender dónde estaba. Le agarró el brazo, con los ojos muy abiertos.

—Algo me siguió...

—Un necrófago. Está muerto.

El chico soltó el aliento que había contenido. Luego sonrió irónico.

—Me has salvado la vida.

—Y ni siquiera cobro por ello —repuso Jez, sintiéndose violenta.

—No, lo digo en serio. —La sonrisa desapareció y la miró directamente—. Gracias.

Jez pudo sentir cómo una sensación de calor intentaba alzarse hasta su rostro, y tuvo dificultades para sostenerle la mirada. Los ojos del muchacho eran grises y tan intensos... insondables. Sentía un hormigueo en la piel.

Desvió la mirada y dijo sin alterarse:

—Deberíamos ir a un hospital. Podrías tener una conmoción.

—No; estoy bien. Sólo deja que vea si puedo ponerme en pie. —Cuando ella abrió la boca para protestar, añadió—: Jez, no sabes por qué estoy aquí. No puede esperar.

Tenía razón; ella había estado tan concentrada en hacerle recuperar el conocimiento que ni siquiera se había preguntado qué hacía él allí. Lo miró por un momento, luego asintió. Lo ayudó a levantarse, y le soltó el brazo cuando vio que podía permanecer en pie sin caerse.

—¿Lo ves?, ya estoy perfectamente.

Dio unos cuantos pasos, luego efectuó un recorrido por la habitación, estirando los músculos. Jez lo vigiló de cerca, preparada para agarrarlo si caía; pero él anduvo con paso seguro salvo por una leve cojera.

Y ésa no era producto de su encuentro con el necrófago aquella noche, Jez lo sabía. Había tenido aquella cojera desde la infancia, desde que los hombres lobo acabaron con su familia.

¿Cómo había conseguido superar eso y unirse al Círculo del Amanecer? Jez no lo sabría jamás.

Había perdido a sus padres cuando era casi tan joven como ella, y también había perdido a dos hermanas y a un hermano. Toda la familia estaba de acampada en el lago Tahoe, cuando en plena noche los había atacado una manada de hombres lobo. Hombres lobo renegados, que cazaban ilegalmente porque la ley del Night World no les permitía matar tan a menudo como les gustaba.

Exactamente como la antigua banda de Jez.

Los hombres lobo habían desgarrado las tiendas de la familia Davis, penetrado en su interior y matado a los humanos, uno, dos, tres. Así de fácil. Al único al que habían dejado con vida era a Hugh, de siete años, porque era demasiado pequeño y no tenía mucha carne en el cuerpo. Se acababan de acomodar para devorar los corazones e hígados de sus víctimas, cuando de improviso descubrieron que el único que era demasiado pequeño para que valiera la pena comérselo se lanzaba sobre ellos con una antorcha de fabricación casera hecha con ropa interior empapada en queroseno y enrollada a un palo. También agitaba en el aire una cruz de plata colgada de una cadena que los hombres lobo habían arrancado del cuello de su hermana.

Dos cosas que no gustan a los seres lobo: la plata y el fuego. El pequeño los atacaba con ambas cosas, así que las criaturas decidieron matarlo.

Despacio.

Y casi lo lograron. Casi consiguieron morderle una pierna antes de que llegara un guarda forestal atraído por el fuego que se propagaba desde la antorcha caída.

El guarda tenía una arma, y el fuego empezaba a descontrolarse. Los hombres lobo se marcharon.

Hugh casi murió de camino al hospital debido a toda la sangre que había perdido.

Pero era un niño fuerte. Y muy listo. Ni siquiera intentó explicarle a nadie qué había hecho con el dije de plata, porque sabía que jamás le creerían si decía que de improviso había recordado un montón de vidas anteriores, incluida una en la que había visto matar a un hombre lobo.

Hugh Davis era una Alma Vieja.

Y una Alma Vieja despertada, lo que era aún más raro. Era algo que asustaba un poco a Jez. Él era humano y ella procedía del Night World, pero no pretendía comprender la magia que traía a algunos humanos de vuelta una y otra vez, reencarnándolos en cuerpos nuevos; que les permitía recordar todas sus vidas anteriores, y de ese modo hacía que fueran más listos y más lúcidos cada vez que nacían.

En el caso de Hugh, más tierno cada vez, además. A pesar del ataque contra su familia, cuando abandonó el hospital lo primero que hizo fue intentar localizar a miembros del Night World. Sabía que no todos eran malos y que algunos de ellos le ayudarían a detener a los hombres lobo para que no hicieran daño a nadie más.

Por suerte, las primeras personas que encontró pertenecían al Círculo del Amanecer.

Los Círculos eran organizaciones de brujas, pero el Círculo

del Amanecer estaba abierto también para humanos, vampiros, cambiantes y hombres lobo; era una sociedad clandestina, tan secreta dentro del Night World como éste era secreto en el mundo de los humanos. Iba en contra de los principios más básicos de la ley del Night World: que a los humanos no había que revelarles la existencia del Night World, y que los miembros de éste no debían enamorarse de humanos. El Círculo del Amanecer luchaba para unir a todo el mundo, para detener las matanzas y conseguir que hubiera paz entre las razas.

Jez les deseaba suerte.

De repente advirtió que Hugh había dejado de andar y la miraba. Parpadeó y se concentró, furiosa consigo misma por el lapsus en su concentración. Como cazadora —de vampiros o de cualquier otra cosa— era preciso mantenerse alerta todo el tiempo, o uno estaba muerto.

—Estabas a kilómetros de distancia —dijo Hugh con suavidad; sus ojos grises se mostraban tranquilos pero mantenían la intensidad de siempre.

Esa expresión que las Almas Antiguas adquieren cuando te están estudiando, pensó Jez.

—Lo siento —dijo—. Esto, ¿quieres un poco de hielo para ese chichón?

—No, me gusta así. Estoy pensando en conseguir uno en el otro lado para que haga juego. —Se sentó en la cama, el semblante impasible otra vez—. En serio, tengo algunas cosas que explicarte, y va a llevarnos algún tiempo.

Jez no se sentó.

—Hugh, creo que lo necesitas. Y yo necesito un baño o mi tía empezará a preguntarse qué estoy haciendo aquí durante tanto rato. Además, este olor me está volviendo loca.

Aunque no podía usar sus poderes como vampiro sin hacer aparecer el ansia de sangre, sus sentidos seguían siendo mucho más agudos que los de un humano.

—¿*Eau de* Necrófago? Y a mí que empezaba a gustarme... —Hugh le dedicó un asentimiento de cabeza, pasando del humor amable a la gravedad amable como siempre—. Debes hacer lo necesario para mantener tu tapadera aquí. No debería ser tan impaciente.

Jez tomó el regaderazo más rápido de su vida y se puso ropa limpia que había llevado consigo al baño. Cuando regresaba llevando con ella un vaso lleno de hielo procedente de la cocina y una toallita, vio que la puerta del dormitorio de Claire estaba entornada y que su prima la vigilaba estrechamente.

Jez alzó el vaso en un brindis simulado, y entró en su propio dormitorio.

—Toma, ponte esto. —Preparó una bolsa de hielo y se la entregó a Hugh, quien la aceptó dócilmente—. Ahora dime, ¿qué es eso tan urgente? ¿Y cómo es que te has vuelto tan popular con los necrófagos de repente?

En lugar de responder, Hugh miró a lo lejos. Se preparaba para algo y, finalmente, bajó la improvisada bolsa de hielo y la miró directamente.

—Sabes que me preocupo por ti. Si te sucediera algo, no sé qué haría. Y si te sucediese cualquier cosa por mi culpa... —Sacudió la cabeza.

Jez indicó a su corazón que volviera a descender al lugar que le correspondía, pues le martilleaba en la garganta, asfixiándola. Mantuvo la voz sin inflexión al decir:

—Gracias.

Algo parecido a la pena centelleó en los ojos del muchacho y desapareció al momento.

—No crees que lo digo en serio, ¿verdad?

Jez siguió hablando en un tono neutro, con una voz cortante y apresurada. No servía para hablar sobre cosas relacionadas con las emociones.

—Hugh, oye. Fuiste mi primer amigo humano. Cuando vine a vivir aquí, nadie en el Círculo del Amanecer quería tener nada que ver conmigo. No los culpo... no después de lo que mi banda hizo a los humanos. Pero fue duro porque ni siquiera querían hablar conmigo, y mucho menos confiar en mí, y no querían creer que quisiera ayudarlos. Y entonces tú apareciste aquel día después de clase. Y tú sí que hablaste conmigo...

—Y sí que confié en ti —dijo él—. Y todavía lo hago. —Volvió a mostrarse distante—. Pensé que eras la persona más triste que había visto nunca, y la más hermosa... y la más valiente. Sabía que no traicionarías al Círculo del Amanecer.

Y es por eso que te quiero, pensó Jez antes de poderse contener. Era más fácil vivir con ello si no lo expresaba en palabras.

Porque era imposible, desde luego. Una no podía colgarse de una Alma Vieja. Nadie podía; a menos que pertenecieran a esa diminuta fracción de personas que eran almas gemelas. Las Almas Viejas despertadas eran demasiado... viejas. Sabían demasiado, habían visto demasiado para encariñarse con una única persona.

Y mucho menos una persona que estaba contaminada con sangre de vampiro.

Así que todo lo que dijo fue:

—Lo sé. Es por eso que trabajo con el Círculo del Amanecer. Porque tú los convenciste de que no era alguna especie de espía del Night World. Te lo debo, Hugh. Y... creo que te importo.

Porque te importa todo el mundo, añadió en silencio.

Hugh asintió, pero no pareció en absoluto más feliz.

—Se trata de algo peligroso. Algo que no quiero pedirte que hagas. —Hurgó en el bolsillo de los jeans y sacó un grueso paquete de lo que parecían artículos de periódico doblados, que le entregó.

Jez lo tomó, frunció el ceño, y a continuación ojeó los primeros artículos. Los titulares le saltaron a la vista.

«Niño de cuatro años muere atacado por un coyote.» «Oleada de calor sin precedentes en los estados centrales; cientos de personas hospitalizadas.» «La madre confiesa: maté a mis bebés.» «Virus misterioso estalla en la zona oriental de Estados Unidos: los científicos están desconcertados.»

Había muchos más, pero no siguió. Miró a Hugh, con las cejas muy juntas.

—Gracias por compartir esto. ¿Se supone que debo enfrentarme al coyote o al virus?

Los labios del muchacho sonrieron, pero sus ojos eran insondables y estaban aterradoramente tristes.

—Nadie puede enfrentarse a lo que está sucediendo... al menos del modo corriente. Y todo eso es sólo el principio.

—¿De qué?

Quería a Hugh, pero en ocasiones deseaba estrangularlo. A las Almas Viejas les encantaba mostrarse misteriosas.

—¿Has reparado en el clima últimamente? Cuando no hay inundaciones, hay sequías. Récord de días fríos en invierno, récord de calor en verano. Un número récord de huracanes y tornados. Un récord de nevadas y granizadas. Se vuelve más y más extraño a cada año que pasa.

—Bueno... sí, claro. —Jez se encogió de hombros—. Hablan de ello en la televisión todo el tiempo. Pero no significa ningún...

—Y la tierra también se está viendo afectada. Terremotos. Volcanes. El año pasado cuatro volcanes inactivos entraron en erupción y hubo docenas de terremotos importantes.

Jez entrecerró los ojos.

—De acuerdo...

—Y hay otra cosa extraña, incluso a pesar de que no es tan evidente. Tienes que, como si dijéramos, escarbar un poco para llegar a las estadísticas. Ha habido un incremento en los ataques de animales por todo el mundo. Toda clase de animales.

—Dio un golpecito al montón de artículos de periódico—. Este ataque de un coyote... Hace un par de años jamás se había oído nada sobre coyotes que mataran a niños. Y tampoco que los pumas atacaran a adultos. Pero ahora sucede, y está sucediendo en todas partes.

Hormigueantes sensaciones de inquietud ascendían por los brazos de Jez. Lo que Hugh decía era cierto. No es que ella hubiera prestado mucha atención a las noticias humanas cuando era una vampira; pero sí que parecía como si los ataques de animales estuvieran produciéndose con más frecuencia.

—Un grupo de elefantes pisoteó a su adiestrador el año pasado —dijo lentamente.

—Los ataques de perros han aumentado un cuatrocientos por ciento —indicó Hugh—. Según la policía estatal de California. En Nuevo México hay una epidemia de murciélagos con rabia. En Florida los caimanes han matado a siete turistas desde el pasado enero... y créeme, esa información fue difícil de encontrar. Nadie quería darla.

—Apuesto a que no.

—Luego están los insectos. Cada vez vemos a más personas que son atacadas por ellos. Abejas asesinas. Mosquitos tigre... y no, no bromeo. Existen de verdad, y transmiten la fiebre del dengue, una enfermedad realmente horrible.

—Hugh...

—Lo que me lleva a las enfermedades. Tienes que haber reparado en ello. Aparecen enfermedades nuevas por todas partes. Ébola. La enfermedad de las vacas locas. Esa bacteria que devora la carne. Los virus Hanta. Lassa. Fiebre hemorrágica de Crimea-Congo. Sangras por los oídos y la nariz y la boca y en el interior del blanco del ojo...

Jez abrió la boca para decir «Hugh» otra vez, pero él seguía adelante a toda velocidad, el pecho ascendiendo y descendiendo rápidamente y los ojos grises casi febriles.

47

—Y son resistentes a los antibióticos del mismo modo que los insectos son resistentes a los pesticidas. Todos ellos están mutando. Cambiando. Volviéndose más fuertes y letales. Y...

—Hugh —consiguió interponer la palabra mientras él tomaba aire.

—... hay un agujero en el ozono. —La miró—. ¿Qué?

—¿Qué significa todo esto?

—Significa que las cosas están cambiando. Se han descontrolado terriblemente. Se encaminan hacia... —Calló y la miró—. Jez, no son esas cosas en sí mismas las que constituyen el problema. Se trata de lo que hay detrás de ellas.

—¿Y qué hay detrás de ellas?

—Los Viejos Poderes se están alzando —respondió Hugh con sencillez.

Los escalofríos inundaron a Jez. Los Viejos Poderes. La Magia Antigua que había controlado el universo en los antiguos tiempos del Night World. Nadie podía ver o conocer los Viejos Poderes; eran fuerzas de la naturaleza, no personas. Y habían estado dormidos igual que dragones gigantes durante miles de años desde el mismo momento en que los humanos se habían hecho con el control del mundo. Si volvían a despertar ahora...

Si la magia regresaba otra vez, todo cambiaría.

—Hay indicios de ello por todas partes —prosiguió Hugh—. Los Habitantes de la Noche se están volviendo más poderosos. Muchos de ellos se han dado cuenta. Y dicen que el principio del alma gemela ha regresado.

El principio del alma gemela. La idea de que para cada persona existía una alma gemela que le estaba destinada, un amor auténtico, y que las dos almas quedaban ligadas durante toda la eternidad. Jez alzó los hombros y los dejó caer sin trabar la mirada con Hugh.

—Sí, lo he oído. Pero, de todos modos, no me lo creo demasiado.

—Yo lo he visto —repuso él, y por un momento el corazón de Jez dejó de latir: luego volvió a ponerse en marcha mientras él continuaba—: En otras personas, quiero decir. He visto a gente de nuestra edad que encontraban a su alma gemela, y es realmente cierto; lo puedes ver en sus ojos. Los Viejos Poderes realmente se están alzando, Jez... para bien y para mal. Eso es lo que está detrás de estos otros cambios.

Jez permaneció sentada muy quieta.

—¿Y qué sucederá si siguen alzándose?

—Pues en realidad... —Hugh hizo una pausa y luego la miró—. Significa que se aproxima una época de oscuridad —dijo con sencillez.

—¿Una época...?

—De seria oscuridad. La peor. Estamos hablando del fin del mundo, Jez.

Jez podía sentir cómo se le ponía la carne de gallina en la nuca, allí donde el pelo mojado tocaba la piel. Podría haber sentido la tentación de echarse a reír si hubiera sido cualquier otro quien le estuviera contando aquello. Pero era Hugh, y él no bromeaba. Jez no sintió el menor deseo de reír.

—Pero entonces todo ha terminado —dijo—. No hay nada que podamos hacer. ¿Cómo puede nadie detener el fin del mundo?

—Bueno —se pasó la mano rápidamente por los cabellos, apartándolos de la frente—; por eso estoy aquí. Porque tengo la esperanza de que tú puedas lograrlo.

6

—¿Yo?

Hugh asintió.

—¿Se supone que yo tengo que detener el fin del mundo? ¿Cómo?

—Primero, debería decirte que no soy sólo yo el que cree todo esto sobre el milenio. Ni siquiera es el Círculo del Amanecer el que lo cree. Es el Consejo del Night World, Jez.

—¿El Consejo mancomunado? ¿Brujas y vampiros?

Hugh volvió a asentir.

—Celebraron una gran reunión para abordar el tema este verano. Y desenterraron algunas viejas profecías sobre lo que va a suceder esta vez.

—¿Como por ejemplo?

Hugh pareció levemente cohibido.

—Te contaré una. Rimaba en el original, creo, pero ésta es la traducción. —Tomó aire y citó lentamente:

«En fuego azul, la oscuridad postrera queda desterrada.
En sangre se paga el precio final».

Estupendo, pensó Jez. *¿La sangre de quién?*
Pero Hugh seguía recitando:

«Cuatro para interponerse entre la luz y la sombra,
cuatro de fuego azul, con poder en su sangre.
Nacidos el año de la visión de la Doncella ciega;
cuatro menos uno y triunfa la oscuridad».

Jez pestañeó lentamente.
—¿Qué es el fuego azul?
—Nadie lo sabe.
—«Cuatro para interponerse entre la luz y la sombra...»
¿Eso viene a significar evitar el fin del mundo?
—Eso es lo que cree el Consejo. Piensan que han nacido cuatro personas, cuatro Poderes Salvajes que van a tener un papel decisivo en lo que sea que se avecina, cualquiera que sea la batalla o desastre que nos va a destruir. Esos cuatro pueden detener el fin del mundo... pero sólo si todos ellos pelean juntos.
—«Cuatro menos uno y triunfa la oscuridad» —dijo Jez.
—Exacto. Y es ahí donde entras tú.
—Lo siento, pero no creo que yo sea uno de ellos.
Hugh sonrió.
—No es a eso a lo que me refería. Lo cierto es que alguien de por aquí ya ha informado de que ha localizado a un Poder Salvaje. El Círculo del Amanecer interceptó un mensaje de él dirigido al Consejo en el que les decía que les entregará al Poder Salvaje si hacen que valga la pena para él. De lo contrario se cruzará de brazos hasta que estén lo bastante desesperados como para acceder a sus condiciones.
Jez tuvo una sensación de desaliento y pronunció una única palabra.
—¿Quién?

La expresión de Hugh era de complicidad y pesar.

—Es alguien de tu antigua banda, Jez. Morgead Blackthorn.

Jez cerró los ojos.

Sí, eso sonaba a Morgead, intentando sacarle dinero al Consejo del Night World. Sólo él estaba lo bastante loco y tenía agallas suficientes para hacer eso. También era necio; perfectamente capaz de permitir que llegara el desastre si no se salía con la suya. Pero de todas las personas que había en el mundo, ¿por qué tenía que ser él? ¿Y cómo había encontrado a un Poder Salvaje, de todos modos?

Hugh volvía a hablar en voz baja.

—Ya ves por qué te necesitamos a ti. Alguien tiene que llegar hasta él y descubrir quién es el Poder Salvaje... y tú eres la única que tiene una posibilidad de hacerlo.

Jez se apartó el pelo del rostro y respiró lentamente mientras intentaba pensar.

—No necesito decirte lo peligroso que es —dijo Hugh, volviendo a mirar a lo lejos—. Y no quiero pedirte que lo hagas. De hecho, si eres lista, me dirás que me vaya al demonio ahora mismo.

Jez no podía decirle que se fuera al demonio.

—Lo que no comprendo es por qué no podemos limitarnos a dejar que el Consejo se ocupe de ello. Querrán desesperadamente a los Poderes Salvajes, y poseen muchísimos más recursos.

Hugh volvió a mirarla, sobresaltado. Sus ojos grises estaban muy abiertos con una expresión que Jez no había visto nunca antes. Luego sonrió, y fue una sonrisa increíblemente triste.

—Eso es justo lo que no podemos permitir. Tienes razón, el Consejo quiere encontrar a los Poderes Salvajes. Pero no para que puedan luchar contra el fin del mundo. Jez... sólo los quieren para poder matarlos.

Fue entonces cuando Jez comprendió lo que significaba aquella expresión; era un tierno pesar ante la inocencia... la inocencia de la joven.

La muchacha no podía creer lo estúpida que había sido.

—¡Oh, por la diosa! —repuso despacio.

Hugh asintió.

—Quieren que suceda. Al menos los vampiros lo quieren. Si el mundo de los humanos finaliza... bueno, ésa sería su oportunidad, ¿no es cierto? Durante miles de años los miembros del Night World han tenido que ocultarse, vivir en la sombra mientras los humanos se propagan por todo el mundo. Pero el Consejo quiere que eso cambie.

La razón por la que Jez había tardado tanto en comprenderlo era que le resultaba difícil imaginar que nadie quisiera en realidad provocar el Apocalipsis. Pero desde luego tenía sentido.

—Entonces están dispuestos a arriesgarse a ser destruidos —musitó.

—Calculan que, suceda lo que suceda, será peor para los humanos, puesto que ellos ni siquiera saben que se avecina. Demonios, algunos de los miembros del Night World piensan que son precisamente ellos mismos lo que se avecina. Hunter Redfern anda diciendo que los vampiros van a exterminar y esclavizar a los humanos y que después de eso el Night World lo dominará todo.

Jez sintió un nuevo escalofrío. Hunter Redfern. Su antepasado, que tenía más de quinientos años pero parecía tener unos treinta. Era un tipo malo, y prácticamente gobernaba el Consejo.

—Fantástico —masculló—. Así que mi familia va a destruir el mundo.

Hugh le dedicó una sonrisa sombría.

—Hunter dice que los Viejos Poderes se están alzando para permitir que los vampiros sean más fuertes y puedan hacerse con el poder. Y lo espantoso es que tiene razón. Tal y como dije antes, los miembros del Night World se están volviendo más fuertes, están desarrollando más poderes. Nadie sabe el motivo. Pero la mayoría de los vampiros del Consejo parecen creer a Hunter.

—Así que no tenemos mucho tiempo —dijo Jez—. Tenemos que conseguir al Poder Salvaje antes de que Morgead haga un trato con el Night World.

—Eso es. El Círculo del Amanecer está preparando un lugar seguro para mantener allí al Poder Salvaje hasta que tengamos a los cuatro. Y el Consejo sabe que lo estamos haciendo; probablemente sea ése el motivo de que aquel necrófago me estuviese siguiendo. Nos vigilan. Sólo lamento haberlo conducido hasta aquí —añadió distraídamente, paseando una mirada preocupada por el cuarto.

—No importa. No va a contarle nada a nadie.

—No. Gracias a ti. Pero nos encontraremos en un lugar distinto la próxima vez. No puedo poner en peligro a tu familia. —Volvió a mirarla—. Jez, si el Night World consigue matar aunque sólo sea a uno de los Poderes Salvajes... bueno, si crees la profecía, todo habrá acabado.

Jez comprendió entonces. Todavía tenía preguntas, pero podían esperar. Una cosa sí la tenía clara.

—Lo haré. Tengo que hacerlo.

—¿Estás segura? —preguntó Hugh en voz muy queda.

—Bueno, alguien tiene que hacerlo. Y tienes razón; soy la única que puede manejar a Morgead.

La verdad era que pensaba que nadie podía manejar a Morgead; pero lo cierto era que ella tenía más posibilidades que cualquier otro miembro del Círculo del Amanecer. Por supuesto, no sobreviviría a la misión. Incluso aunque consiguiera llevarse al Poder Salvaje ante las mismas barbas de Morgead, él le daría caza y la mataría por ello.

Pero eso era irrelevante.

—Me odia, y yo lo odio, pero al menos lo conozco —dijo en voz alta.

Hubo un silencio y advirtió que Hugh la miraba de un modo curioso.

—¿Crees que te odia?

—Desde luego. Lo único que hacíamos era pelearnos.

Hugh sonrió muy débilmente; una expresión de Alma Vieja.

—Entiendo.

—¿Qué se supone que significa eso?

—Significa... que no creo que te odie, Jez. Quizá experimente emociones intensas hacia ti, pero por lo que he oído no creo que el odio sea una de ellas.

Jez sacudió negativamente la cabeza.

—No lo entiendes. Siempre me la tenía jurada. Y si descubriera que soy medio humana... bueno, eso sería el fin. Odia a los humanos más que a nada. Pero creo que puedo engañarlo el tiempo necesario para hacerme con el Poder Salvaje.

Hugh asintió, pero no parecía feliz. Tenía los ojos doloridos y cansados.

—Si lo logras, salvarás una gran cantidad de vidas.

Él también lo sabe, pensó Jez. *Que moriré haciendo esto.*

Era un cierto consuelo que a él le importara... y más reconfortante aún que no comprendiera por qué lo hacía ella en realidad. Sí, ella quería salvar vidas, pero había algo más.

El Consejo había intentado meterse con Hugh. Habían enviado a un necrófago apestoso tras él, y probablemente enviarían algo diferente al día siguiente; desde luego, seguirían intentando matarlo.

Y por eso, Jez iba a barrer el suelo con ellos. Hugh no era un guerrero; era incapaz de defenderse y no debería ser un objetivo.

Advirtió que Hugh seguía mirándola, con ojos de lástima. Le sonrió para demostrarle que no la asustaba morir.

—Es un asunto de familia —le dijo; y eso también era cierto—. Hunter es un antepasado mío. Es justo que sea yo quien lo detenga. Y si me sucede algo... bueno, un Redfern menos probablemente sea una bendición para el mundo.

Y ésa era la última parte de la verdad. Procedía de una familia corrompida, y no importaba lo que hiciera, a quién salvara, o lo mucho que se esforzara, siempre habría sangre de vampiro corriendo por sus venas. El simple hecho de existir la convertía en un peligro potencial para la humanidad.

Pero Hugh mostraba un semblante horrorizado.

—Ni se te ocurra decir eso. —La miró fijamente durante un momento y luego la agarró por los hombros, oprimiéndolos—. Jez, eres una de las mejores personas que conozco. Lo que hiciste antes del año pasado es...

—Es parte de mí —respondió ella, a la vez que intentaba no sentir la calidez de sus manos a través de la camiseta, y no demostrar que su leve apretón le había enviado una descarga eléctrica por todo el cuerpo—. Y nada puede cambiar eso. Sé lo que soy.

Hugh la zarandeó ligeramente.

—Jez...

—Y en este momento, tengo que deshacerme de ese necrófago. Y sería mejor que tú te fueras a casa.

Por un momento pensó que iba a volver a agarrarla; entonces él la soltó lentamente.

—¿Aceptas oficialmente la misión?

Por el modo en que lo dijo, dio la impresión de que le ofrecía una última oportunidad de no hacerlo.

—Sí.

El muchacho asintió. No preguntó cómo planeaba regresar a una banda que había abandonado, u obtener información de

Morgead, que la odiaba. Jez sabía el motivo. Él simplemente confiaba en que ella podía hacerlo.

—Cuando sepas algo, llámame a este número. —Hurgó en un bolsillo distinto y le entregó un trozo cuadrado de papel que parecía una tarjeta comercial—. Te daré una localización donde podamos reunirnos, algún lugar lejos de aquí. No deberíamos hablar sobre nada por teléfono.

Jez tomó la tarjeta.

—Gracias.

—Por favor, ten cuidado, Jez.

—Sí. ¿Puedo quedarme los artículos?

—Claro —respondió él con un resoplido, y a continuación le dedicó una de aquellas sonrisas tristes de Alma Vieja—. Pero creo que no los necesitas, de todos modos. Basta con mirar a tu alrededor, con ver las noticias. Está sucediendo ahí fuera.

—Lo detendremos —dijo Jez, y luego lo reconsideró—: Al menos, vamos a intentarlo.

Jez tuvo un problema la mañana siguiente: Claire.

Se suponía que tenían que ir juntas en coche al colegio, para asegurar que no se fuera de pinta. Pero Jez tenía que irse de pinta para ir en busca de Morgead, y no quería ni imaginar la clase de problemas en los que iba a meterla con tío Jim y tía Nanami; pero era crucial que llegara hasta Morgead lo antes posible. No podía permitirse perder tiempo.

En el primer semáforo de un cruce importante —y no había muchos de ellos en Clayton— se asestó una palmada en la frente.

—¡Caray, he olvidado el libro de química! —Soltó el cinturón de seguridad y salió del Audi justo cuando la luz cambiaba a verde—. ¡Adelántate! —gritó a Claire, dando un portazo e inclinándose dentro por la ventanilla abierta—. Ya te alcanzaré.

La expresión de Claire indicó que su temperatura estaba alcanzando el punto de ebullición.

—¿Estás loca? Entra; volveré atrás.

—Llegarás tarde. Sigue sin mí. —Efectuó un pequeño aleteo alentador con los dedos.

Uno de los tres coches que había detrás de Claire le tocó el claxón.

Claire abrió la boca y volvió a cerrarla. Sus ojos lanzaban chispas.

—¡Lo has hecho a propósito! Sé que tramas algo, Jez, y voy a averiguar...

Moc. Moc.

Jez retrocedió y dijo adiós con la mano.

Y Claire siguió adelante con el coche, como Jez sabía qué haría. Claire no podía soportar la presión de grupo de otros coches diciéndole que se moviera.

Jez dio la vuelta y empezó a trotar hacia casa, a gran velocidad, con un paso largo, constante.

Cuando llegó, ni siquiera respiraba con dificultad. Abrió el garaje y agarró un fardo largo y delgado que había permanecido oculto en un rincón. Luego se volvió hacia su moto.

Aparte de Hugh, era el amor de su vida. Una Harley. Una Sportster Hugger 883. Con una altura de sólo sesenta y nueve centímetros y dos metros veintiún centímetros de largo, era una máquina genial, delgada y ligera, de la que adoraba su clásica simplicidad, la fría pureza de sus líneas y la sobria carrocería. La consideraba como su pura sangre de cromo y acero.

Sujetó el largo fardo en diagonal a la espalda, donde quedó en perfecto equilibrio a pesar de su tamaño poco corriente; luego se puso un casco integral oscuro y pasó una pierna por encima de la moto. Un instante después partía en medio de un gran estruendo, y abandonaba Clayton en dirección a San Francisco.

Disfrutó con el viaje, incluso a pesar de saber que podía ser el último de su vida. Quizá debido a eso. Era un deslumbrante día de finales de verano, con un cielo azul de septiembre y un sol de un blanco total; el aire que se abría paso para Jez era cálido.

¿Cómo puede viajar la gente en jaulas?, pensó, dando gas para adelantar a toda velocidad a una ranchera. *¿Para qué sirven los coches? Estás totalmente aislado del entorno. No puedes oír u oler nada del exterior; no puedes sentir el viento o el Poder o un leve cambio en la temperatura. Ni puedes saltar fuera para pelear en tan sólo un instante. Y, por encima de todo, no puedes clavarle una estaca a alguien yendo a toda velocidad mientras sacas el cuerpo por la ventanilla.*

Desde una moto sí, no obstante. Si eras lo bastante rápida, podías ensartar a alguien mientras pasabas zumbando a su lado, como un caballero con una lanza. Morgead y ella habían peleado de ese modo en una ocasión.

Y a lo mejor volveremos a hacerlo, pensó, y lanzó una veloz mueca burlona al viento.

El cielo siguió siendo azul mientras proseguía camino hacia el oeste, en lugar de nublarse a medida que se acercaba al océano. Era un día tan claro que desde Oakland podía ver toda la bahía y los edificios de San Francisco perfilados en el horizonte. Los altos edificios parecían sorprendentemente cercanos.

Estaba abandonando su propio mundo y penetrando en el de Morgead.

Era algo que no hacía a menudo. San Francisco estaba a una hora y quince minutos de Clayton... suponiendo que no hubiera tráfico; pero era como si estuviera en otro estado. Clayton era una diminuta ciudad rural, en su mayoría dedicada a la cría de vacas, con unas pocas casas decentes y una granja de calabazas. Por lo que Jez sabía, el Night World no conocía su existencia; no era la clase de lugar que interesara a sus miembros.

Por eso mismo había conseguido ocultarse allí durante tanto tiempo.

Pero ahora se dirigía directamente al centro del fuego. Al cruzar el puente de la bahía y llegar a la ciudad, se sintió plenamente consciente de lo vulnerable que era. Hacía un año, Jez había quebrantado las leyes de la banda al desaparecer, así que si cualquiera de sus miembros la veía, tenía derecho a matarla.

Idiota. Nadie te puede reconocer. Para eso llevas el casco integral. Para eso llevas el pelo recogido en lo alto. Es por eso que la moto no lleva una pintura personalizada.

Con todo, se mantenía sumamente alerta mientras circulaba despacio por las calles y se encaminaba a uno de los distritos más infames de la ciudad.

Ahí. Sintió una sacudida ante la visión de un edificio conocido. Color tostado, cuadrado y nada bonito, tenía tres pisos de altura además de un tejado irregular. Jez alzó la mirada al tejado, bizqueando, sin quitarse el casco.

Luego fue a recostarse con indiferencia en la rugosa pared de hormigón, cerca del oxidado interfono de metal. Esperó hasta que un par de chicas vestidas como artistas se acercaron y uno de los inquilinos les abrió cuando llamaron al interfono. Entonces se despegó de la pared y las siguió con calma.

No podía dejar que Morgead supiera que iba hacia allí.

La mataría sin esperar a hacer preguntas si conseguía anticipársele, de modo que su única posibilidad era sorprenderlo primero, y luego obligarlo a escuchar.

El edificio era aún más feo por dentro de lo que era por fuera, con huecos de escalera vacíos y resonantes y pasillos despersonalizados de tamaño industrial. Pero Jez descubrió que el corazón le latía con más rapidez y que algo parecido a la nostalgia se retorcía en su pecho. Aquel lugar podría ser espantoso, pero también era libertad. Cada una de las gigantescas habitaciones que había tras las puertas de metal estaba alquilada por alguien a quien no le importaban ni alfombras ni ventanas, pero que quería un enorme espacio vacío donde poder estar solo y hacer exactamente lo que quisiera.

En su mayoría se trataba de artistas muertos de hambre, personas que necesitaban estudios enormes. Algunas de las puertas estaban pintadas con colores que recordaban a piedras preciosas y texturas rugosas. La mayoría tenía cerraduras de tamaño industrial.

«No lo extraño», se dijo Jez. Pero cada esquina le producía el impacto de los recuerdos. Morgead había vivido allí durante años, desde que su madre había huido con un vampiro procedente de Europa. Y Jez prácticamente también había vivido allí, porque aquél había sido el cuartel general de la banda.

Pasamos algunos buenos ratos...

No. Sacudió levemente la cabeza para desprenderse del pensamiento y siguió adelante, deslizándose en silencio por los corredores, adentrándose más y más en el edificio. Por fin llegó a un lugar donde no había ningún sonido aparte del zumbido de las barras fluorescentes colocadas tal cual en el techo. Existía una sensación de aislamiento, de estar lejos del resto del mundo.

Y una escalera angosta que ascendía.

Jez se detuvo, escuchó un instante y luego, con los ojos fijos en la escalera, tomó el alargado bulto que llevaba a la espalda. Lo desenvolvió con cuidado, dejando al descubierto un bastón que era una obra de arte; medía un poco más de metro veinte de longitud y dos centímetros y medio de diámetro. La madera era de un intenso rojo brillante con marcas negras irregulares que se parecían un poco a las listas de un tigre o a jeroglíficos.

Colubrina. Una de las maderas más duras del mundo, compacta y fuerte, pero con la cantidad justa de elasticidad para ser un bastón de combate. Era una arma asombrosa y muy particular.

Había otra cosa fuera de lo corriente en ella. Los bastones de combate por lo general eran romos en cada extremo, para permitir que la persona que lo empuñaba pudiera agarrarlo bien. Este bastón tenía un extremo romo y uno que terminaba en una punta muy estrecha, dura como el hierro y sumamente afilada.

Podía perforar la ropa para atravesar el corazón de un vampiro.

Jez sostuvo el bastón con ambas manos durante un momento mientras lo contemplaba. Luego se irguió, y, sujetándolo con suavidad, lista para actuar, empezó a subir la escalera.

—Lista o no, Morgead, allá voy.

7

Salió al tejado.

Era una especie de azotea ajardinada; en cualquier caso, había una gran cantidad de plantas esmirriadas en grandes maceteros de madera. También había unos pocos muebles sucios de jardín y otros cachivaches; pero lo principal era una pequeña construcción, como si se tratara de una casa en mitad del tejado.

El hogar de Morgead. El *penthouse*. Era tan austero y poco bonito como el resto del edificio, pero tenía una gran vista y resultaba totalmente íntimo. No había otros edificios altos en las cercanías que lo dominaran.

Jez avanzó con sigilo hacia la puerta. Sus pies no hacían el menor ruido sobre el piso lleno de hoyos de la azotea, y la joven se hallaba en un estado de conciencia acentuada de un modo casi doloroso. En los viejos tiempos acercarse a hurtadillas a otro miembro de la banda había sido un juego; uno podía reírse de ellos si conseguía sobresaltarlos, y ellos se sentían furiosos y humillados.

Ese día no era ningún juego.

Empezó a avanzar hacia la combada puerta de madera...

pero en seguida se detuvo. Las puertas eran un problema. Morgead sería un idiota si no las hubiera preparado para que lo alertaran de la presencia de intrusos.

Silenciosa como un gato, se dirigió en su lugar hacia una estrecha escalera de metal que conducía al tejado de aquella construcción de madera. Ahora estaba en la verdadera parte superior del edificio: la única cosa más alta era una asta de metal sin bandera.

Atravesó sin hacer ruido el nuevo tejado. En el extremo opuesto se encontró mirando al suelo directamente desde cuatro pisos de altura. Justo debajo de ella había una ventana.

Una ventana abierta.

Una sonrisa tensa apareció en el rostro de Jez.

A continuación enganchó los dedos de los pies por encima del reborde de diez centímetros del borde del tejado y se dejó caer con elegancia hacia adelante. Se agarró a la parte superior de la ventana en pleno descenso y colgó suspendida, desafiando a la gravedad como un murciélago sujeto bocabajo. Miró dentro.

Y allí estaba él. Tendido en un futón, dormido. Estaba tumbado sobre la espalda, totalmente vestido con jeans, botas altas y chamarra de piel. Tenía buen aspecto.

Igual que en los viejos tiempos, se dijo Jez. Cuando la banda pasaba fuera toda la noche montando en sus motos y cazando, peleando o de fiesta, y luego regresaba a casa por la mañana para vestirse a toda prisa para ir a la escuela. Excepto Morgead, que les dedicaba una sonrisita de suficiencia y a continuación se desplomaba sobre la cama. Él no tenía padres o parientes que le impidieran saltarse las clases.

Me sorprende que no lleve puesto el casco, también, pensó, izándose de nuevo al tejado. Recogió el bastón de combate, se las arregló para meterlo en la habitación, y luego volvió a dejarse caer, en esta ocasión colgando de las manos. Se deslizó adentro sin hacer el menor ruido.

Luego se acercó a él y lo observó con atención.

No había cambiado nada. Tenía exactamente el mismo aspecto que recordaba, salvo que más joven y vulnerable porque estaba dormido. Su rostro era pálido, lo que hacía que el oscuro cabello pareciera más oscuro todavía; las pestañas eran medias lunas negras sobre las mejillas.

Malvado y peligroso, recordó Jez. La molestó el hecho de tener que recordar lo que era Morgead. Por alguna razón su mente le lanzaba imágenes, escenas de su infancia mientras vivía allí en San Francisco con su tío Bracken.

Una Jez de cinco años, con unos cabellos rojos más cortos que daban la impresión de no haber sido peinados jamás, paseando, de la mano, con un pequeño Morgead de rostro torvo. Una Jez de ocho años con dos rodillas peladas, frunciendo el ceño mientras un metódico Morgead le arrancaba astillas de madera de las piernas con unas pinzas oxidadas. Un Morgead de siete años con el rostro iluminado por el asombro mientras Jez le persuadía de probar aquella cosa humana llamada helado...

Para ya, ordenó, tajante, a su cerebro. *Será mejor que te des por vencido, porque no sirve de nada. Éramos amigos entonces... bueno, una cierta parte del tiempo..., pero ahora somos enemigos. Él ha cambiado. Yo he cambiado. Ahora me mataría en un segundo si ello le conviniera. Y yo voy a hacer lo que tiene que hacerse.*

Retrocedió y lo golpeó levemente con el bastón.

—Morgead.

Sus ojos se abrieron de golpe y se incorporó en la cama. Estuvo despierto al instante, como cualquier vampiro, y se concentró en ella sin ningún indicio de confusión. Jez había cambiado la posición de la mano sobre el bastón y ahora permanecía lista por si acaso él pasaba directamente a atacarla.

Pero, en su lugar, una expresión extraña apareció en el rostro del joven, que pasó de sobresaltado reconocimiento a algo que Jez no comprendió. Por un momento, simplemente se la quedó mirando con fijeza, los ojos muy abiertos, respirando agitadamente y dando la impresión de estar atrapado entre el dolor y la felicidad.

Luego dijo en voz queda:

—Jez.

—Hola, Morgead.

—Has vuelto.

Jez volvió a cambiar la posición del bastón.

—Eso parece.

Él se puso en pie con un solo movimiento.

—¿Dónde diablos has estado?

Ahora simplemente parecía furioso, advirtió Jez, lo que resultaba más fácil de manejar, porque así era como lo recordaba.

—No puedo decírtelo —respondió, lo que era totalmente cierto, y también irritaría a Morgead sobremanera.

Así fue. El chico sacudió la cabeza para apartarse los oscuros cabellos de los ojos; siempre los tenía alborotados por la mañana, recordó Jez. La miraba iracundo. Estaba de pie, tranquilo, sin adoptar ninguna postura de ataque, pero con la relajada soltura que significaba que podía salir volando en cualquier dirección en cualquier momento. Jez mantenía la mitad de la mente en una vigilancia constante de los músculos de sus piernas.

—¿No puedes decírmelo? Desapareces un buen día sin el menor aviso, sin siquiera dejar una nota... Abandonas la banda y a mí y sencillamente desapareces por completo y nadie sabe dónde encontrarte, ni siquiera tu tío... y ahora vuelves a aparecer y ¿resulta que no puedes decirme dónde has estado?

Poco a poco iba entrando en uno de sus estados de excitación extrema, advirtió Jez, y eso la sorprendió; había esperado que se mantuviera más frío y atacara con dureza.

—¿Qué creías que hacías, cortando como si tal cosa con todo el mundo? ¿Se te ocurrió en algún momento que la gente se sentiría preocupada por ti? ¿Que la gente pensaría que estabas muerta?

No se me ocurrió que le fuera a importar a nadie, pensó Jez, sobresaltada. *Y mucho menos a ti*. Pero no podía decir eso.

—Mira, no era mi intención hacer daño a nadie. Y no, no puedo explicarte por qué me fui. Pero ahora he regresado...

—¡No puedes regresar como si tal cosa!

Jez empezaba a perder la calma. Nada era tal y como ella había esperado; aún no había podido decir nada de lo que tenía preparado.

—Ya sé que no puedo regresar como si nada...

—¡Las cosas no funcionan así! —Morgead andaba arriba y abajo, apartándose otra vez los cabellos de los ojos: de pronto se volvió para mirarla lleno de ira—. Sangre dentro, sangre fuera. Puesto que aparentemente no estás muerta, nos abandonaste. ¡Sabes que no está permitido hacer eso! Y desde luego no puedes esperar aparecer así sin más y convertirte en mi segunda al mando otra vez...

—¡No lo pretendo! —aulló Jez, pues tenía que hacerlo callar—. ¡No tengo ninguna intención de convertirme en tu segunda en el mando! —dijo cuando él por fin hizo una pausa—. He venido a desafiarte para ser la líder.

Morgead se quedó boquiabierto.

Jez soltó aire. No era exactamente así como había planeado decirlo. Pero ahora, al ver lo conmocionado que él estaba, sintió que todo empezaba a estar bajo control. Se recostó con tranquilidad contra la pared, le sonrió y dijo en tono conciliador:

—Yo era la líder cuando me fui, recuérdalo.

—Tienes... que estar... bromeando. —Morgead la miró atónito—. ¿Esperas volver aquí tan campante como líder?

—Sí, si puedo vencerte. Y creo que puedo. Ya lo hice una vez.

La miró fijamente durante otro minuto; parecía incapaz de encontrar palabras; pero luego echó la cabeza hacia atrás y lanzó una carcajada.

Fue un sonido aterrador.

Cuando volvió a mirarla, sus ojos brillaban y esgrimían una mirada dura.

—Sí, lo hiciste. He mejorado desde entonces.

Jez contestó con dos palabras.

—También yo.

Y con eso, todo cambió. Morgead modificó su postura... sólo levemente, lo suficiente para adoptar una posición de combate. Jez sintió cómo la adrenalina fluía por su propio cuerpo. El desafío había sido lanzado y aceptado; no había nada más que decir. En aquellos momentos estaban frente a frente listos para pelear.

Y eso sí que ella podía manejarlo. Era mucho mejor peleando que jugando con las palabras. Conocía a Morgead en aquel estado de ánimo; habían puesto en duda su orgullo y su habilidad y estaba absolutamente decidido a vencer. Era algo muy familiar para ella.

Sin apartar los ojos de la muchacha, Morgead alargó el brazo y tomó un bastón de combate del soporte que tenía a su espalda.

Roble japonés, advirtió Jez. Pesado, bien seco, elástico. Una buena elección.

El extremo endurecido al fuego era muy puntiagudo.

Pero no intentaría usarlo de buen principio, no obstante. Primero, querría desarmarla, y el modo más sencillo de hacerlo era romper la muñeca de la mano dominante; tras eso iría por puntos críticos y centros nerviosos. Morgead no se andaba con jueguecitos respecto a eso.

Un cambio mínimo en la postura del chico la alertó, y a continuación ambos empezaron a moverse.

70

Él blandió el bastón de arriba abajo en un arco perfecto, dirigiéndolo a la muñeca derecha de Jez. Ella paró el golpe con soltura con su propio bastón y sintió el impacto del choque de madera contra madera. Cambió al instante la posición de las manos e intentó una trampa, pero él apartó a toda velocidad el bastón y volvió a quedar de cara a ella como si no se hubiera movido desde el principio.

Le sonrió.

Tiene razón. Ha mejorado. Un pequeño escalofrío recorrió a Jez, y por primera vez le preocupó si sería capaz de vencerlo.

Además, tengo que hacerlo sin matarlo, pensó, y no estaba nada segura de que él tuviera la misma intención respecto a ella.

—Eres tan previsible, Morgead —le dijo—. Podría pelear contigo hasta dormida.

Hizo una finta hacia su muñeca y luego intentó hacerle perder pie y derribarlo.

Él interceptó el golpe e intentó bloquearla.

—¿Ah, sí? Y tú pegas como una niña de cuatro años. No podrías derribarme ni aunque me quedara aquí quieto y te dejara golpearme.

Describieron cautelosos círculos el uno alrededor del otro.

El bastón de colubrina estaba caliente entre las manos de Jez. Era curioso, pensó sin venir al caso alguna lejana parte de su mente, cómo la más modesta de las armas humanas era la más peligrosa para los vampiros.

Pero también era el arma más versátil del mundo. Con un bastón, al contrario de lo que sucedía con un cuchillo, una pistola o una espada, uno podía ajustar el nivel de dolor y de daño que provocaba. Se podía desarmar y controlar a los atacantes, y —si las circunstancias lo requerían— se les podía infligir dolor sin lesionarlos de un modo permanente.

Desde luego, si eran vampiros, también se les podía matar, algo que no podía hacerse con un cuchillo o una pistola. Únicamente la madera podía detener de forma permanente el corazón de un vampiro, motivo por el cual el bastón de combate era el arma elegida por los vampiros que querían hacerse daño unos a otros... y por los cazadores de vampiros.

Jez sonrió burlona a Morgead, consciente de que no era una sonrisa especialmente bonita.

Los pies de la muchacha susurraron sobre las desgastadas tablas de roble del suelo. Morgead y ella habían practicado allí innumerables veces, midiéndose el uno contra el otro, entrenando para ser los mejores. Y había funcionado. Ambos eran maestros en el uso de la más letal de las armas.

Pero ninguna pelea había importado jamás tanto como aquélla.

—Ahora intentarás asestarme un golpe en la cabeza —informó a Morgead con tranquilidad—. Siempre lo haces.

—Crees que lo sabes todo. Pero ya no me conoces. He cambiado —le dijo él con la misma tranquilidad... e intentó golpearla en la cabeza—. Psiquis —siguió él a la vez que ella interceptaba el golpe y la madera chocaba con un golpe seco.

—Incorrecto. —Jez retorció violentamente el bastón, lo apalancó en el del joven, y lo hizo descender violentamente, colocándolo contra la parte superior de sus muslos—. ¡Atrapado!

Le sonrió burlonamente a la cara.

Y se sintió sobresaltada por un momento. No había estado tan cerca de él en mucho tiempo. Los ojos de Morgead... eran tan verdes como piedras preciosas y estaban llenos de una luz extraña.

Durante un instante ninguno de los dos se movió; las armas bajas, las miradas trabadas. Los rostros estaban tan próximos que el aliento de ambos se entremezclaba.

Entonces Morgead se escabulló de la trampa.

—No intentes eso conmigo —dijo en tono desagradable.

—¿El qué?

En cuanto tuvo el bastón libre del suyo, Jez volvió a alzarlo violentamente, invirtiendo la posición de las manos y lanzando una estocada en dirección a los ojos.

—¡Ya sabes el qué! —Él desvió la estocada con una fuerza innecesaria—. Eso de «Soy Jez y soy tan salvaje y hermosa». Eso de «¿Por qué no te limitas a soltar tu bastón y dejas que te golpee? Será divertido».

—Morgead... ¿de qué estás... hablando?

Atacó mientras hablaba, un golpe dirigido a la garganta y luego uno a la sien. Él los interceptó y los esquivó... que era justo lo que ella quería. Evasión. Retroceso. Lo estaba empujando hacia una esquina.

—Sólo así pudiste ganar las otras veces. Intentando jugar con los sentimientos que despiertas en los demás. ¡Pero ya está bien, esta vez no va a funcionarte!

Contraatacó ferozmente, pero no sirvió de nada. Jez paró el ataque con un torbellino de golpes propios, presionándolo, y entonces él no tuvo otra elección que retroceder hasta que su espalda quedó contra la esquina.

¡Ya era suyo!

No tenía ni idea de a qué se refería con aquello de jugar con los sentimientos de los demás, pero no tenía tiempo para pensar en ello. Morgead era peligroso como un tigre herido cuando estaba acorralado; sus ojos verde esmeralda refulgían con auténtica furia, y había una dureza en sus facciones que no estaba allí hacía un año.

Pues claro que me odia, pensó Jez. *Hugh se equivocaba. Está dolido y enojado, y me odia sin lugar a dudas.*

La respuesta de manual era utilizar esa emoción contra él, provocarlo y enfurecerlo hasta poner al descubierto sus flaquezas; sin embargo, algún instinto muy soterrado en el interior de Jez se preocupó por sus palabras, por más que ella no le hizo ningún caso.

—Eh, todo vale, ¿de acuerdo? —le dijo en voz baja—. Y ¿qué quieres decir con que no funcionará? Te tengo, ¿no es cierto? —Lanzó un par de veloces ataques, más para mantenerlo ocupado que por otra cosa—. Estás atrapado, y vas a tener que bajar la guardia en algún momento.

Los ojos verdes que habían estado iluminados por la furia se tornaron repentinamente fríos; del color del hielo de un glaciar.

—A menos que haga algo inesperado —dijo él.

—Nada de lo que haces es inesperado —replicó ella con dulzura.

Pero la mente le decía que provocarlo había sido un error. Había alcanzado algún punto neurálgico, y él era más fuerte que hacía un año. No perdía los estribos bajo presión del modo en que había tenido por costumbre hacerlo; ahora parecía más resuelto.

Aquellos ojos verdes la ponían nerviosa.

Ataca con fuerza, se dijo. *Con todo. Busca un punto de presión. Entumécele el brazo...*

Pero antes de que pudiera hacer nada, una oleada de Poder la golpeó.

La hizo tambalearse.

Jamás había experimentado nada como aquello. Surgió de Morgead, una onda expansiva de energía telepática que la alcanzó con la fuerza de algo físico y la empujó dos pasos hacia atrás, obligándola a realizar un gran esfuerzo para mantener el equilibrio. Dejó el aire chisporroteando con electricidad y un leve olor a ozono.

A Jez la cabeza le dio vueltas.

¿Cómo había hecho eso?

—No es difícil —dijo Morgead en un tono de voz sosegado y frío a juego con sus ojos.

Había abandonado el rincón ya, desde luego. Por un momento Jez pensó que le leía los pensamientos, pero en seguida comprendió que debía de llevar escrita la pregunta por todo el rostro.

—Es algo que descubrí después de que te fuiste —prosiguió él—. Tan sólo hace falta práctica.

Si posees telepatía, pensó ella. *Algo que yo ya no tengo.*

Los Miembros del Night World se están volviendo más fuertes, desarrollando más poderes, rememoró.

Bueno, Hugh tenía razón en eso.

Y ahora ella tenía problemas.

¡Crac! Ése era Morgead intentando un mandoble lateral. Había reparado en que estaba desequilibrada. Jez contraatacó automáticamente, pero no tenía la cabeza despejada y el cuerpo le hormigueaba de dolor. La había conmocionado, distraído.

—Tú misma lo has dicho: todo vale —indicó él, con una leve y fría sonrisa en los labios—. Tú tienes tus armas y yo las mías.

Y entonces le arrojó otra de aquellas ondas expansivas. Jez estaba mejor preparada para ella ahora, pero de todos modos la zarandeó y le apartó la atención del arma que empuñaba...

Justo el tiempo suficiente para fastidiarla y permitir que él pudiera penetrar sus defensas.

Se movió hacia arriba para atrapar el bastón de Jez desde abajo. Luego se retorció, obligando al bastón de la joven a describir un círculo y volviendo a desequilibrarla en un intento de hacerla caer hacia atrás. Mientras Jez luchaba por recuperarse, él le golpeó el codo. Con fuerza.

¡Pam!

Fue un sonido distinto del seco crac de la madera al golpear madera. Fue más quedo, más blando, más sordo, el sonido de madera al golpear carne y hueso.

Jez oyó su propio jadeo involuntario de dolor.

Una llamarada de dolor le recorrió el brazo, penetró en el hombro, y durante un momento la mano derecha soltó el bastón. Obligó a los dedos a cerrarse sobre él otra vez, pero estaban entumecidos y no notaba lo que sujetaba.

No podría interceptar los golpes como era debido con un brazo inútil.

Y Morgead avanzaba, con aquella mortífera luz gélida en los ojos. Totalmente despiadado. Sus movimientos eran relajados y naturales; sabía exactamente lo que tenía entre manos.

Dos golpes secos más y volvió a atravesar las defensas de Jez. El bastón de roble se estrelló contra sus costillas y la chica sintió otra oleada de nauseabundo dolor. Puntitos grises danzaron frente a sus ojos.

¿Estaban fracturadas?, se preguntó por un breve instante. Esperaba que no. Los vampiros podían partirse las costillas unos a otros por diversión, pues sabían que se repondrían en un día o dos. Pero Jez no se recuperaría de aquel modo. Morgead podría matarla sin siquiera tener intención de hacerlo.

No podía permitir que siguiera golpeándola... pero tampoco podía retroceder. Si conseguía llevarla a un rincón, estaría perdida.

¡Crac! ¡Pam! La alcanzó en una rodilla y el dolor centelleó arriba y abajo de la pierna, encendiendo cada nervio. No tuvo otra elección que retroceder. La estaba acorralando implacablemente, obligándola a recular hacia la pared.

Morgead le lanzó una fugaz sonrisa. No la anterior sonrisa gélida. Ésta era brillante, y muy familiar para Jez; era la que le hacía resultar irresistiblemente apuesto, y significaba que controlaba por completo la situación.

—Puedes rendirte cuando quieras —dijo él—. Porque voy a ganar y ambos lo sabemos.

8

No puedo perder esta pelea.

De pronto ése fue el único pensamiento en la mente de Jez. No podía permitir que la hirieran o la amedrentaran... ni ser una estúpida. Había demasiado en juego.

Y puesto que Morgead poseía la ventaja de la telepatía y de la fuerza sobre ella por el momento, iba a tener que ingeniar algún modo de vencerlo.

Sólo tardó un momento en idear un plan. Y al instante siguiente empezó a ponerlo en práctica, cada pizca de concentración puesta en engañarlo.

Dejó de retroceder y dio un paso lateral, colocándose de un modo deliberado en una posición desde la cual sólo podía efectuar un torpe bloqueo. Luego le proporcionó una oportunidad, sujetando el bastón con torpeza, con la punta hacia él pero demasiado baja.

Ya ves... Es mi codo, pensó en dirección a su adversario, consciente de que él no podía oírla, pero deseando con todas sus fuerzas que picara el anzuelo. *Me duele demasiado; estoy distraída; el bastón ya no es una extensión de mí misma. Mi lado derecho está desprotegido.*

Era tan buena en ello como cualquier madre pájaro que finge tener una ala rota para atraer a un depredador y alejarlo de su nido. Podía ver el destello triunfal en los ojos de Morgead.

Eso es; no malgastes más tiempo hiriéndome... Entra a matar.

Y eso se dispuso a hacer él. Ya no intentaba arrinconarla en una esquina. Con el apuesto rostro atento, los ojos entornados en actitud de concentración, maniobraba para asestar un único y decisivo golpe, un ataque que pusiera fin al combate.

Pero a la vez que él alzaba su bastón de combate para ejecutar el golpe, Jez echó el suyo hacia atrás como si temiera interceptarlo, como si temiera el estremecedor contacto. Era el momento decisivo. Si él caía en la cuenta ahora, si advertía por qué situaba ella el bastón de aquel modo, jamás efectuaría el movimiento que ella quería que hiciera. Y entonces regresaría a la tarea de desarmarla.

Estoy demasiado lastimada para parar golpes adecuadamente; mi brazo está demasiado débil para alzarse, pensó, dejando que sus hombros se encorvaran y su cuerpo oscilara cansinamente. No le estaba resultando difícil fingir. El dolor en varias partes de su cuerpo era muy real, y si se hubiera permitido sentirlo, hubiera quedado fuera de combate.

Morgead picó.

Llevó a cabo el ataque que ella quería; directamente abajo. En ese momento, Jez deslizó el pie adelantado hacia atrás, desplazándose justo fuera del alcance del arma. El bastón de Morgead pasó silbando junto a su nariz... sin alcanzarla. Y entonces, antes de que él pudiera volver a alzarlo, mientras estaba desprotegido, Jez arremetió y puso toda la energía del cuerpo tras el ataque, toda su fuerza, introduciéndose entre los brazos de Morgead y hundiendo el bastón en su estómago.

El aire que tenía Morgead en los pulmones surgió como una exhalación en un jadeo discordante, y el muchacho se dobló sobre sí mismo.

Jez no vaciló. Tenía que acabar con él al instante, porque en un segundo se habría recuperado. Para cuando él se hubo doblado por completo al frente, ella ya retiraba el bastón y lo hacía girar para golpearlo tras la rodilla. Una vez más, puso todo su peso tras el golpe, pasando a continuación a derribarlo al suelo de espaldas.

Morgead aterrizó con un golpe sordo. Antes de que pudiera hacer ningún movimiento, Jez lanzó una violenta y veloz patada, alcanzándole la muñeca y enviando lejos de su alcance el bastón, que repiqueteó a través del suelo, roble sobre roble.

A continuación colocó el extremo puntiagudo de su propio bastón sobre la garganta del chico.

—Ríndete o muere —dijo jadeante, y sonrió.

Morgead la miró iracundo desde el suelo.

Estaba aún con menos aliento que ella, pero no había ni un atisbo de rendición en aquellos ojos verdes. Estaba furioso.

—¡Me has engañado!

—Todo vale.

Él se limitó a mirarla torvamente desde debajo de los desgreñados cabellos que le caían sobre la frente. Estaba totalmente despatarrado, con las largas piernas extendidas, los brazos alargados a ambos lados, y con la punta del bastón de combate de colubrina descansando cómodamente en el pálido hueco de su garganta. Estaba por completo a su merced... o al menos eso era lo que parecía.

Jez lo conocía demasiado bien.

Sabía que nunca se rendía, y que cuando no estaba demasiado enfurecido para pensar, era tan listo como ella. E igual de solapado. En aquellos instantes representaba una indefensión que tenía tanto de sincera como el número del ave herida que había realizado ella.

Así que estaba preparada cuando Morgead lanzó otra ráfaga de Poder contra ella; vio cómo las pupilas se dilataban como las de un gato a punto de saltar, y se preparó, desplazando el bastón mínimamente para empujar contra la clavícula a la vez que se inclinaba al frente.

La energía chocó contra ella. Esta vez casi pudo verla, gracias al sexto sentido que formaba parte de su herencia como vampiro; era como la avalancha descendente de una nube nuclear, como la parte que fluía a lo largo del suelo, destruyéndolo todo a su paso a la vez que se propagaba en círculo a partir del lugar del impacto. Parecía ligeramente verde, el color de los ojos de Morgead, y le asestó un buen puñetazo.

Jez apretó los dientes y se aferró al bastón de combate, manteniéndolo en posición mientras dejaba que el Poder la atravesara. Éste le echó los cabellos hacia atrás, ondeando en un aire caliente que pareció durar una eternidad.

Pero por fin cesó, y se encontró atenazada por un dolor hormigueante y con una sensación metálica en los dientes. Pero Morgead seguía atrapado.

El muchacho lanzó un siseo, un sonido sorprendentemente parecido al de un reptil.

—¿Algún otro truquito? —dijo Jez, bajando la cabeza para sonreírle con ojos entornados; cada moretón de su cuerpo volvía a dolerle a consecuencia del estallido de energía... pero no pensaba permitir que él lo viera—. ¿No? Eso pensaba.

El labio superior de Morgead se alzó.

—Cáete muerta, Jezebel.

A nadie le estaba permitido usar su nombre entero.

—Tú primero, Morgy —sugirió ella, y se apoyó con más fuerza en el bastón.

Aquellos ojos verdes tenían una hermosa luminosidad en esos momentos, repletos de pura rabia y odio.

—Entonces mátame —le dijo en tono desagradable.

—Morgead...

—Sólo así podrás vencerme. Si no lo haces, seguiré aquí

tumbado hasta recargarme. Y cuando tenga Poder suficiente te atacaré de nuevo.

—Nunca sabes cuándo se ha acabado, ¿verdad?

—Nunca se ha acabado.

Jez contuvo un arrebato de furia y exasperación.

—No quería llegar a esto —gruñó—, pero lo haré.

No lo mató. En vez de eso, le hizo daño.

Le sujetó la muñeca y la trabó, agarrando con la mano su bastón y el de él encima de la muñeca. Podía hacer fuerza allí para provocar un dolor intenso... o romper el hueso.

—Ríndete, Morgead.

—Muérdeme.

—Voy a romperte la muñeca.

—Estupendo. Espero que disfrutes con ello. —Siguió mirándola lleno de ira.

Como un niño pequeño amenazando con jugar en la autopista, se dijo Jez, y de improviso, inexplicablemente, casi la embargó la risa. La contuvo a duras penas.

En realidad no quería romperle la muñeca; pero sabía que tenía que hacerlo, y que tenía que hacerlo pronto, antes de que regenerara Poder suficiente para golpearla otra vez. No podría resistir otra de aquellas ráfagas.

—¡Morgead, ríndete! —Ejerció suficiente presión sobre su muñeca como para que le doliera de verdad.

Él entonces le lanzó una mirada torva por entre las oscuras pestañas.

—¡¿Por qué eres tan necio?! —Jez ejerció más presión.

Se daba cuenta de que le hacía daño, y le dolía a ella mantener la constante presión, pues estrellas fugaces de dolor le silbaban en el codo.

El corazón de Jez latía con violencia y sus músculos empezaban a temblar debido a la fatiga. Aquello era mucho más difícil para ambos de lo que habría sido una rotura limpia. Y él era un vampiro; su muñeca sanaría en unos pocos días, de modo que ella no lo estaría lesionando permanentemente.

Tengo que hacerlo, se dijo, y tensó los músculos...

Y Morgead efectuó una veloz y leve inhalación, una inspiración que era un gemido de dolor. Justo por un instante, sus ojos verdes perdieron la claridad de piedra preciosa y se desenfocaron un poco a la vez que hacía una mueca.

Jez le liberó la muñeca y se desplomó, yendo a sentarse junto a él con la respiración entrecortada.

¿Por qué eres tan estúpida?, la interrogó su mente. Sacudió los cabellos y cerró los ojos, intentando lidiar con su furia.

Junto a ella, Morgead se incorporó.

—¿Qué haces?

—¡No lo sé! —gruñó Jez sin abrir los ojos.

Ser débil e idiota, se respondió a sí misma. Ni siquiera sabía por qué no podía llevarlo a cabo. Ella mataba vampiros —y menos repugnantes que Morgead— día sí, día también.

—No me he rendido —dijo Morgead, y su voz era apagada y peligrosa—. Así que esto no ha terminado.

—Estupendo, hazme volar por los aires.

—Voy a hacerlo.

—Pues hazlo.

—Vaya, ¿tanto te gusta?

Jez explotó. Tomó su bastón del suelo y se volteó para mirarlo por primera vez desde que se había sentado.

—¡Claro, me encanta, Morgead! ¡Me fascina el dolor! ¡Así que hazlo, y luego te golpearé esa cabezota dura tuya tan fuerte que no despertarás hasta la semana próxima! —Podría haber dicho más, pero la expresión de los ojos del muchacho la detuvo.

La miraba con suma atención, no simplemente con agresividad como ella había imaginado; aquellos ojos verdes la miraban entornados e inquisitivos.

—Sencillamente estás loca, punto —dijo él, sentándose hacia atrás sin dejar de sondearla con la mirada; luego en un tono diferente dijo con suavidad—. ¿Vas a decirme por qué has parado?

Jez alzó los hombros y los dejó caer. Tenía una sensación de ira y aflicción en la boca del estómago.

—Supongo que porque hubiera tenido que romperte cada hueso del cuerpo, imbécil. Jamás te darías por vencido, no con ese nuevo poder que tienes.

—Podría enseñártelo. Los otros no son lo bastante fuertes para aprenderlo, pero tú sí.

Aquello arrancó una corta carcajada a Jez.

—Sí, bueno.

Cerró los ojos por un breve instante, preguntándose qué diría Morgead en el caso de que ella le explicara por qué no podría nunca aprender a usarlo.

Me aplastaría como a un insecto, pensó, y volvió a reír.

—Ríes de un modo extraño, Jez.

—Tengo un sentido del humor retorcido.

Lo miró, parpadeando para eliminar la humedad de las pestañas. ¿De dónde había salido eso? Debía de haberle entrado algo en el ojo.

—Entonces, ¿qué? ¿Quieres volver a empezar esta pelea?

Él tenía la vista fija en la mano de Jez que sujetaba el bastón de colubrina. Ella intentaba mantener la mano firme, pero podía sentir los finos temblores de los músculos, así que inspiró profundamente y apretó los dientes, convirtiendo su mirada en desafiante.

Puedo volver a pelear. Debo hacerlo, y esta vez no permitiré que ninguna compasión estúpida se interponga y me impida darle una paliza. Tengo que ganar. Todo depende de ello.

Morgead volvió a mirarla a la cara.

—No —dijo bruscamente—. No será necesario. Me rindo.

Jez pestañeó conmocionada. Era lo último que había esperado. La expresión de Morgead era fría e inescrutable.

Se enfureció.

—¿Por qué? —inquirió ardiendo de indignación—. ¿Porque estoy cansada? ¿Porque no crees que pueda contigo? —Alzó rápidamente el bastón, lista para partirle su estúpido cráneo.

—¡Porque estás loca! —aulló Morgead—. Y porque... —Calló de golpe, mostró un semblante furioso, y a continuación dijo lacónicamente—: Porque ganaste en buena lid la primera vez.

Lo miró atónita.

Bajó el bastón lentamente.

La expresión de Morgead todavía era claramente poco amistosa. Pero acababa de hacer la más increíble de las admisiones.

—O sea, que no quieres que te siga dando una paliza —dijo ella.

Él le dedicó una mirada de soslayo capaz de matar palomas en pleno vuelo.

Jez soltó aire; su corazón empezaba a serenarse y una sensación de alivio se extendía por todo su ser.

Lo he conseguido. Realmente lo he conseguido. No voy a morir hoy.

—Así que se acabó —dijo—. Vuelvo a estar dentro.

—Eres la jefa —repuso Morgead agriamente—. Disfrútalo, porque estaré justo detrás de ti a cada paso que des, esperando mi oportunidad.

—Ya puedes esperar sentado —contestó Jez, y luego pestañeó—. ¿Qué haces?

—¿Tú qué crees?

Con semblante ceñudo y los ojos puestos en la pared opuesta, Morgead se apartaba la camisa del cuello e inclinaba la cabeza hacia atrás.

—No tengo ni idea... —Entonces Jez comprendió, y se quedó helada hasta las yemas de los dedos.

No lo había pensado. Debería haberlo recordado, pero se me pasó, y no planeé esto...

—Sangre dentro, sangre fuera —indicó Morgead en tono seco.

¿Cómo ha podido habérseme olvidado? El pánico empezaba a despertar en su interior, y no se le ocurría modo alguno de salir de aquello.

Para las bandas humanas «sangre dentro, sangre fuera» significaba que te daban una paliza cuando te dejaban entrar, y no salías hasta que estabas muerto. Pero en las bandas de vampiros...

No puedo morderlo.

Lo más aterrador era que algo en su interior deseaba hacerlo. Toda su piel hormigueaba, y de improviso pareció como si hubiese sido el día anterior cuando tomó su último festín de sangre. Podía recordar con exactitud qué se sentía, al hundir los dientes en piel tersa, al perforarla fácilmente, al notar cómo empezaba a fluir el cálido líquido.

Y la sangre de Morgead sería oscura y dulce y poderosa. La sangre de vampiro no era nutritiva como la sangre humana, pero abundaba en ella la oculta promesa del Night World. Y Morgead era uno de los vampiros más poderosos que había conocido nunca, así que su sangre estaría repleta del dominio de aquella nueva forma de ataque, llena de joven energía vital y en bruto.

Pero yo no bebo sangre. ¡No soy una vampira! Ya no.

Jez temblaba debido a la conmoción que experimentaba. En todo el año transcurrido desde que había dejado de beber sangre, jamás se había sentido tan tentada. No tenía ni idea de por qué sentía tantas ganas en aquel momento, pero estaba casi fuera de su control. Presionó la lengua contra un colmillo que se afilaba, intentando contenerlo, intentando obtener un poco de alivio a la tensión. Las mandíbulas superior e inferior le dolían con intensidad.

No puedo. Es impensable. Si lo hago una vez, jamás podré parar. Me convertiré... en lo que era en aquel entonces.

Estaré perdida.

No puedo; pero tengo que hacerlo. Necesito regresar a la banda.

Morgead la miraba fijamente.

—Y ahora ¿qué es lo que te sucede?

—Es que...

Jez estaba mareada por el miedo y el ansia y la sensación de peligro. No encontraba ninguna salida...

Pero entonces cayó.

—Toma —dijo, desabotonando el cuello de su camisa—. Muérdeme tú.

—¿Qué?

—Satisface los requisitos. Hay que derramar sangre. Y es el líder quien lo hace.

—Tú eres la líder, idiota.

—No lo seré hasta que esté de vuelta en la banda. Y no estaré de vuelta en la banda hasta que se derrame sangre.

La contemplaba con fijeza, la mirada dura y exigente y en absoluto divertida.

—Jez... esto es ridículo. ¿Por qué?

Era demasiado listo, de modo que no se atrevió a permitirle seguir pensando en ello.

—Porque creo que es el procedimiento adecuado. Y porque... me alimenté en exceso anoche. No podría tomar una sola gota más.

Le clavó la mirada en los ojos, sin permitir que un solo músculo se estremeciera, en un intento de forzar su versión de la verdad al interior del cerebro del joven.

Morgead pestañeó y desvió los ojos.

Jez se permitió relajarse mínimamente. Poseía una ventaja sobre Morgead; no había modo de que él pudiera imaginar siquiera sus auténticos motivos y esperaba que él no percibiera el sabor humano de su sangre.

—Si no quieres decírmelo, me rindo. —Morgead se encogió de hombros—. Está bien, magnífico. Si es eso lo que quieres...

—Lo es.

—Como desees, pues.

Se volvió hacia ella de nuevo y alargó las manos para tomarla por los hombros.

Un nuevo sobresalto estremeció a Jez. Morgead jamás vacilaba una vez que tomaba una decisión, pero aquello era un tanto amedrentador. La sujeción era demasiado firme y autoritaria; Jez sintió que no tenía el control.

¿Y cómo voy a protegerme?, pensó aturdida, poniendo freno a una nueva oleada de temor. *Él es ya un telépata poderoso y compartir sangre aumentará la comunicación entre nosotros. ¿Cómo demonios voy a bloquear esa...?*

Todo estaba sucediendo demasiado rápido; no tenía tiempo para planear o pensar nada. Lo único que pudo hacer fue intentar no dejarse llevar por el pánico mientras Morgead la atraía hacia él.

Idiota... ha tenido demasiada experiencia en esto, le dijo, enfurecida, una parte de su mente. *En subyugar a cualquier clase de presa. En apaciguar a muchachas aterradas... a muchachas humanas.*

La sujetaba con suavidad y precisión; le ladeaba la cabeza hacia atrás. Jez cerró los ojos e intentó dejar la mente en blanco.

Y entonces pudo sentir el calor del rostro del muchacho cerca de su piel; pudo sentir su aliento en la garganta y supo que los colmillos se extendían, alargándose y afinándose hasta ser afilados como agujas. Intentó controlar la respiración.

Se sintió envuelta en calidez cuando él le lamió la garganta una vez, y luego un dolor que provocó que incluso sus propios dientes le dolieran. Los dientes de Morgead habían perforado la carne, afilados como la obsidiana.

A continuación llegó el fluir de la sangre; de su vida, derramándose. La instintiva punzada de temor que Jez sintió no tuvo nada que ver con que él invadiera su mente.

A ningún vampiro le gustaba someterse a aquella clase de sumisión. Dejar que otro bebiera tu sangre significaba que eras más débil, significaba que estabas dispuesto a convertirte en presa. Todo dentro de Jez protestó ante la idea de relajarse y permitir que Morgead siguiera adelante.

Tal vez fuera eso lo que necesitaba, pensó ella de improviso. Un muro de confusión para ocultar sus pensamientos. Fingir estar demasiado agitada para permitirle establecer contacto...

Pero los labios del joven resultaban sorprendentemente suaves sobre su garganta, y el dolor había desaparecido, y él la sujetaba más como un amante que como un depredador. Podía percibir su mente por todas partes a su alrededor, fuerte, exigente.

No intentaba lastimarla. Intentaba mitigar el dolor de aquel terrible instante en la mente de ella.

Pero quiero que sea terrible. No deseo sentirme de este modo...

No importaba. Sintió como si jalara de ella una corriente veloz, como si la arrastrara y la dejara caer dentro de algún lugar en el que no había estado nunca. Luces centelleantes danzaban detrás de los párpados cerrados de la muchacha y chisporroteaba electricidad por todo su cuerpo.

Y entonces sintió la boca de Morgead deslizándose con delicadeza por su garganta, y el mundo desapareció...

9

No. Esto no puede estar sucediendo.

Jez no había sentido nunca antes nada parecido a aquello, pero supo instintivamente que era peligroso. Estaba siendo atraída al interior de la mente de Morgead; podía sentir cómo ésta la rodeaba, la envolvía, un contacto que era leve pero casi irresistible, que le intentaba extraer la parte más íntima de su ser.

Y lo más aterrador era que Morgead no era el causante de aquello.

Se trataba de algo ajeno a ambos, algo que intentaba entremezclarlos como dos océanos agitados por la tormenta. Jez podía percibir que Morgead estaba tan sobresaltado y asombrado como ella. La única diferencia era que él no parecía estar resistiéndose a aquella fuerza; no parecía aterrado y desdichado como lo estaba ella. Parecía... alegre y perplejo, como si estuviera haciendo paracaidismo acrobático por primera vez.

Eso se debe a que está loco, pensó Jez desde su aturdimiento. *Adora el peligro y disfruta tentando al destino...*

Disfruto con tu compañía, dijo una voz en su mente.

La voz de Morgead. Queda como un susurro, un contacto levísimo que estremeció a Jez hasta la misma alma.

Hacía tanto tiempo que no oía aquella voz.

Y él la había oído a ella. Compartir sangre convertía en telépatas incluso a los humanos. Jez no había sido capaz de hablar mentalmente desde...

Consiguió interrumpir el pensamiento a la vez que el pánico la invadía. Mientras una parte de su mente farfullaba desesperadamente: *Está aquí, está aquí, aquí dentro, ¿qué vamos a hacer ahora?*, otra parte alzaba una pantalla de humo, inundando sus pensamientos con visiones de neblina y nubes.

Sonó algo parecido a un veloz jadeo procedente de Morgead.

Jez, no. No te escondas de mí...

No se te permite estar aquí, le espetó ella, en esta ocasión dirigiendo el pensamiento directamente a él. *¡Vete!*

No puedo. Durante un momento la voz mental sonó confusa y asustada. No había caído en que Morgead podría sentirse así, confundido y asustado. *No estoy haciendo nada. Tan sólo está... sucediendo.*

Pero no debería estar sucediendo, pensó Jez, y no supo si le hablaba a él o simplemente se hablaba a sí misma. Estaba empezando a temblar. No encontaba el modo de resistirse a la fuerza que intentaba sacar su alma a la superficie y entremezclarla con la de Morgead; la verdad era que no podía. Aquello era más fuerte que nada que hubiera experimentado nunca. Pero sabía que si cedía, estaba muerta.

No tengas miedo. No lo tengas, dijo Morgead en una voz que no le había oído nunca antes. Una voz de una dulzura desesperada. La mente del muchacho intentaba envolver la de Jez para tratar de protegerla, como alas oscuras a su alrededor, tocándola con suavidad.

Jez sintió que las tripas se le derretían.

No. No...

Sí, susurró la voz de Morgead.

Tenía que parar aquello... ya. Tenía que romper el contacto. Sin embargo, aunque Jez todavía podía percibir su cuerpo físico, se sentía incapaz de controlarlo. Notaba los brazos de Morgead sosteniéndola y los labios del joven en la garganta y sabía que él seguía bebiendo. Pero no podía ni siquiera mover un dedo para apartarlo; los músculos que había adiestrado de un modo tan inmisericorde para que la obedecieran bajo cualquier circunstancia la estaban traicionando ahora.

Tenía que probar otro modo.

Esto no debería estar sucediendo, dijo a Morgead, poniendo toda la energía de su terror tras las palabras.

Lo sé. Pero eso es porque luchas contra ello. Deberíamos estar en alguna otra parte a estas horas.

Jez se exasperó.

¿Qué otra parte?

No lo sé, respondió él, y ella pudo percibir un dejo de tristeza en su pensamiento. *Otro lugar... más profundo. Donde estaríamos realmente juntos. Pero no quieres abrir tu mente.*

Morgead, ¿de qué estás hablando? ¿Qué piensas que está sucediendo?

Él pareció genuinamente sorprendido.

¿No lo sabes? Es el principio del alma gemela.

Jez sintió que el suelo desaparecía bajo sus pies.

No. Eso no es posible. No puede tratarse de eso. Ya no le hablaba a Morgead; intentaba desesperadamente convencerse a sí misma. *No soy el alma gemela de Morgead. No puede ser. Nos odiamos... él me odia... lo único que hacemos siempre es pelearnos...*

Él es imposible, peligroso, exaltado y necio... Está loco... actúa con rabia y hostilidad... es frustrante y exasperante y le encanta amargarme la vida...

Y ni siquiera creo en eso de las almas gemelas. Y aunque lo hiciera, no podría creer que pudiera suceder de este modo, así por las buenas, de golpe y porrazo, como si te atropellara un tren cuando no estás mirando, así sin ninguna advertencia, sin haber sentido siquiera la mínima atracción hacia la otra persona...

Pero la histeria misma de sus propios pensamientos era una mala señal. Cualquier cosa capaz de destrozar su autocontrol de aquel modo tenía un poder que iba más allá de lo imaginable. Y todavía podía sentirlo tirando de ella, intentando arrancar la espesa neblina tras la que se ocultaba; quería que Morgead la viera como era en realidad.

E intentaba mostrarle a Morgead instantes de su vida, de él mismo: atisbos que la golpeaban y parecían atravesarla limpiamente, dejándola sin aliento con su intensidad.

Un niño pequeño con una mata de pelo oscuro y alborotado y ojos como esmeraldas, contemplando cómo su madre se iba con un hombre... otra vez. Un niño que iba a jugar solo en la oscuridad, para distraerse. Y luego el encuentro con una niña pelirroja, una niña con los ojos de un azul plateado y una sonrisa radiante. Y no volver a estar solo nunca más. Y caminar sobre las vallas con ella en el fresco aire nocturno, persiguiendo pequeños animales, cayendo y riendo tontamente...

Un niño de unos pocos años más con el pelo más largo cayendo alrededor del rostro, abandonado. Contemplando cómo su madre se marchaba por última vez, para no regresar jamás. Que cazaba para obtener comida y dormía en una casa vacía que cada vez estaba más desordenada; que aprendía a cuidar de sí mismo; que se ejercitaba solo; que se endurecía en mente y cuerpo, y veía una expresión hosca cuando se miraba en el espejo...

Un muchacho de más edad aún observando a los humanos, que eran débiles y tontos y con unas vidas cortas, pero que tenían todas las cosas que él anhelaba. Familia, seguridad, comida cada noche. Observando a los miembros del Night World, a los Antiguos, que no sentían la responsabilidad de ayudar a un niño vampiro abandonado...

Jamás lo supe, pensó Jez. Aún estaba mareada, como si no

pudiera conseguir aire suficiente. Las imágenes resultaban deslumbrantes en su claridad y le desgarraban el corazón.

Un muchacho que puso en marcha una banda para crear una familia, y que acudió primero a la muchachita de pelo rojo. Los dos sonriendo con picardía mientras corrían desenfrenadamente por las calles, localizando a otros. Reuniendo a niños que los adultos no podían controlar o no los extrañaría. Deambulando por las peores zonas de la ciudad, sin miedo... porque se tenían ahora el uno al otro.

Las imágenes acudían más de prisa, y Jez apenas podía seguirles el ritmo.

Atravesando como una exhalación el patio de la chatarrería... con Jez... Ocultándose de Jez bajo un embarcadero que olía a pescado... La primera gran pieza, un ciervo en las colinas de San Rafael... y Jez allí para compartir con él la sangre caliente que proporcionaba calor, embriagaba y daba vida, todo a la vez. Miedo y alegría, enfados y discusiones, sentimientos heridos, tristeza y exasperación; pero siempre Jez entretejida allí. Ella siempre estaba presente en sus recuerdos, con sus cabellos color fuego ondeando a la espalda, con aquellos ojos de gruesas pestañas parpadeando veloces llenos de desafío y excitación. Todo lo brillante, entusiasta, valeroso y honesto llevaba su nombre. La rodeaba una aureola de fuego.

No lo sabía... ¿cómo podía saberlo? ¿Cómo podía darme cuenta de que significaba tanto para él...?

¿Y quién habría imaginado cuánto significaba para ella haberlo averiguado? Estaba aturdida, abrumada; pero algo en su interior cantaba, al mismo tiempo.

Aquello le producía felicidad. Podía sentir algo que borboteaba en su interior aunque ella ni siquiera había advertido nunca que estuviera allí; un gozo salvaje y embriagador que parecía brotar de ella hasta surgir disparado por las palmas de sus manos y las plantas de sus pies.

Morgead, musitó mentalmente.

Podía percibirlo, pero por una vez él no respondió, y notó su repentino temor, el propio deseo del muchacho de huir y ocultarse. No había tenido intención de mostrarle aquellas cosas; se las estaba arrancando a la fuerza el mismo poder que tiraba de ella.

Lo siento. No era mi intención mirar, le transmitió ella, mentalmente. *Me iré...*

No. De improviso, él ya no se ocultaba. *No, no quiero que te vayas. Quiero que te quedes.*

Jez se sintió fluir hacia él, sin poder hacer nada por evitarlo. Lo cierto era que no sabía si podría alejarse incluso aunque él hubiera querido que lo hiciera. Percibía la mente de Morgead tocando la suya; saboreaba la esencia misma de su alma, y ello la hacía temblar.

Aquello no se parecía a nada que hubiera sentido antes. Era tan extraño... pero a la vez tan maravilloso. Un placer como no habría podido soñar. Estar tan cerca, y estarse acercando más, como fuego y oscuridad luminosa confluyendo... Sentir su propia mente abriéndose a él...

Y entonces le llegó el lejano eco del miedo, como un animal chillando una advertencia.

¿Estás loca? Es Morgead. Permite que se asome a tu alma... que saque al descubierto tus secretos más íntimos... y no vivirás el tiempo suficiente para lamentarlo. Te desgarrará la garganta en cuanto lo descubra...

Jez retrocedió violentamente ante aquella voz. No quería seguir resistiéndose a la atracción que la llevaba hasta Morgead, pero el miedo tiritaba a través de ella, emponzoñando la calidez y la cercanía, a la vez que congelaba los bordes de su mente. Y supo que aquella voz era el único reducto racional que quedaba en ella.

¿Quieres morir?, le preguntó ésta a Jez a quemarropa.

Jez, decía Morgead con voz sosegada. *¿Qué pasa? ¿Por qué no quieres permitir que suceda?*

No sólo morirías tú, seguía la voz. *También todos los demás. Claire y tía Nan y tío Jim y Ricky. Hugh...*

Algo al rojo vivo titiló a través de ella. Hugh, a quien amaba, incapaz de pelear por sí mismo. Ni siquiera había pensado en él desde que había penetrado en la mente de Morgead... y eso la aterró.

¿Cómo podía haberlo olvidado? Durante el último año, Hugh había representado todo lo bueno para ella y había despertado sentimientos que ella no había conocido antes. Y era la única persona a la que jamás traicionaría.

Jez, dijo Morgead.

La joven hizo lo único que se le ocurrió. Le arrojó una imagen, una visión destinada a despertar sus recuerdos. Una visión del momento de su marcha, abandonando la banda, abandonándolo.

No era una imagen real, desde luego. Era un símbolo.

Un señuelo.

Y sintió cómo alcanzaba la mente de Morgead y chocaba contra ella, y golpeaba recuerdos que salieron volando como chispas.

La primera reunión de la banda sin su presencia. Preguntas. Perplejidad. Todos ellos buscándola, intentando buscar un atisbo de su firma única de Poder por las calles. Al principio riendo mientras la llamaban, convirtiéndolo en un juego, hasta que las risas se convirtieron en irritación a medida que ella no aparecía. Y finalmente, la inquietud.

La casa de su tío Bracken. La banda congregada en el umbral con Morgead a la cabeza, y tío Bracken con aspecto desorientado y triste. «No sé dónde está. Simplemente... ha desaparecido.» Y la inquietud pasando a ser un miedo devastador. Miedo, cólera, pena, traición...

Si no estaba muerta, entonces lo había abandonado. Igual que todos los demás. Igual que su madre.

Y aquella pena y furia acrecentándose, en un perfecto equilibrio porque Morgead no sabía cuál era la verdad. Pero siempre sabiendo que, en cualquier caso, el mundo era frío porque ella no estaba.

Y entonces... Jez apareciendo ese día en su habitación. Evidentemente, viva. Con una buena salud insultante. E imperdonablemente despreocupada mientras le contaba que jamás le explicaría el motivo de su marcha.

Jez sintió cómo la sensación de ultraje crecía en Morgead, como una negra ola en su interior, con una frialdad que no sentía misericordia por nadie y únicamente quería herir y matar, lo inundaba, barriendo todo lo demás. El simple hecho de estar en contacto con ella provocó que el corazón de la muchacha martilleara y la dejó casi sin aliento. Su descarnada violencia era aterradora.

¡Me dejaste aquí!, le gruñó él, tres palabras con un mundo de amargura tras ellas.

Tenía que hacerlo. Y jamás podré contarte el motivo. Jez sentía que le ardían los ojos; supuso que él podría percibir el dolor que le provocaba decir aquello. Pero era lo único que funcionaría. La atracción entre ellos se debilitaba, la cólera de Morgead la iba haciendo pedazos.

Eres una traidora, dijo él. Y tras aquellas palabras se reflejaban todos los que habían traicionado a un amigo o a un amante o a una causa por la más egoísta de las razones. Todos los traidores de la historia del mundo humano o del Night World. Eso era lo que Morgead pensaba de ella.

No me importa lo que pienses, replicó ella.

Jamás te ha importado, le replicó él con furia. *Ahora lo veo. No sé por qué pensé de un modo distinto alguna vez.*

La fuerza que había estado intentando arrastrarlos el uno

hacia el otro se había diluido hasta no ser más que una conexión fina como un hilo de plata. Y eso era bueno... era necesario, se dijo Jez. Hizo un esfuerzo y sintió que se escabullía fuera de la mente de Morgead, y luego más lejos, y a continuación más lejos aún.

Será mejor que no vuelvas a olvidarlo, dijo, pues era más fácil ser desagradable una vez había dejado de percibir sus reacciones. *Podría ser malo para tu salud.*

No te preocupes, repuso él en tono cortante. *Puedo ocuparme de mí mismo. Pero será mejor que sepas que jamás lo olvidaré.*

El hilo era tan fino y tirante que Jez a duras penas podía percibirlo ya. Sintió un curioso bandazo en su interior, una súplica, pero sabía lo que era necesario hacer.

Puedo hacer lo que quiera, no necesito explicarte mis razones, dijo. *Y nadie me hace preguntas. Soy la líder, ¿recuerdas?*

¡Chas!

Fue una percepción física, la sensación de escindirse, cuando Morgead fue arrastrado por una oleada de su propia negra cólera. Se retiraba de ella a tal velocidad que se sintió mareada...

Y a continuación tenía los ojos abiertos y estaba en su propio cuerpo.

Jez pestañeó, intentando concentrarse en la habitación. Tenía la vista alzada hacia el techo, y todo era demasiado brillante y demasiado grande y demasiado borroso. Los brazos de Morgead la rodeaban y ella tenía aún la garganta arqueada hacia atrás, expuesta todavía. Cada uno de sus nervios se estremecía.

Entonces, de repente, los brazos que la rodeaban la soltaron y ella cayó. Cayó sobre la espalda, pestañeando aún, mientras intentaba poner en orden las ideas y averiguar qué músculos movían qué. Le ardía la garganta, y sentía una humedad allí. Estaba aturdida.

—¿Qué es lo que te pasa? Levántate y vete —gruñó Morgead.

Jez fijó la vista en él. Parecía muy alto desde donde ella estaba, caída en el suelo y mirándolo desde abajo. Sus ojos verdes eran tan fríos como esquirlas de una gema.

Entonces comprendió qué era lo que sucedía.

—Has tomado demasiada sangre, imbécil. —Intentó poner la acidez acostumbrada en las palabras, para ocultar la debilidad que sentía—. Sólo tenía que ser algo ritual, y tú has perdido el control. Debería haber sabido que lo harías.

Algo titiló en los ojos de Morgead, pero entonces su boca adoptó una expresión dura.

—Mala suerte —dijo, cortante—. No deberías haberme dado la posibilidad de hacerlo.

—¡No lo dudes: no cometeré ese error otra vez!

Se incorporó con gran dificultad hasta una posición sentada, intentando no demostrar el esfuerzo que ello le significaba. El problema —una vez más— era que ella no era una vampira, y que, por tanto, no podía recuperarse tan de prisa de la pérdida de sangre..., pero eso Morgead no lo sabía.

Aunque tampoco es que fuera a importarle, de todos modos.

Parte de ella se estremeció ante aquello; Morgead intentó protestar, pero Jez lo apartó a un lado. Necesitaba todas sus energías y todos los muros que pudiera erigir para superar lo que había ocurrido.

No debería haber pasado, fuera lo que fuera lo que hubiera sido. Había sido una equivocación terrible, y tenía suerte de haber conseguido salir con vida. A partir de aquel momento, lo único que podía hacer era intentar olvidarlo.

—Probablemente debería contarte por qué estoy aquí —dijo, y se puso en pie sin ningún tambaleo apreciable—. Olvidé mencionarlo antes.

—¿El motivo de tu vuelta? Ni siquiera quiero saberlo.

Sólo quería que ella se fuera; podía darse cuenta por la postura que había adoptado, por el modo tenso en que daba vueltas.

—Querrás cuando te lo diga.

No tenía las fuerzas necesarias para aullarle del modo en que hubiera querido hacerlo; no podía permitirse el lujo de dejarse llevar por las emociones.

—¿Por qué siempre crees saber lo que yo quiero? —le espetó él, de espaldas a ella.

—De acuerdo. Sigue así. Probablemente no apreciarías la oportunidad de todos modos.

Morgead se dio la media vuelta y la miró iracundo de un modo que significaba que se le ocurrían demasiadas cosas desagradables que decir para decidirse por una. Finalmente, se limitó a preguntar en un tono casi inaudible:

—¿Qué oportunidad?

—No he vuelto sólo para hacerme cargo de la banda. Quiero hacer cosas con ella. Quiero hacernos más poderosos.

En los viejos tiempos, aquella idea habría hecho que Morgead sonriera burlón, le habría dibujado un destello travieso en los ojos. Siempre habían estado de acuerdo en tener poder, al menos.

Ahora se limitó a quedarse allí parado. La miró fijamente, y su expresión pasó lentamente de gélida furia a suspicacia y luego a una comprensión que se iba abriendo paso. Los ojos verdes se entornaron, luego se abrieron de par en par. Soltó la respiración que había contenido.

Y a continuación echó la cabeza hacia atrás y encadenó una carcajada tras otra.

Jez no dijo nada, se limitó a observarlo, poniendo a prueba su equilibrio sin llamar la atención y sintiéndose aliviada al ver que podía mantenerse en pie sin desmayarse. No obstante, ya no pudo soportar por más tiempo el sonido de aquella risa. Había muy poco humor en ella.

—¿Quieres compartir el chiste?

—Es sólo... Por supuesto. Debería haberlo sabido. Quizá sí lo sabía, en el fondo.

Todavía reía entre dientes, pero era un sonido malicioso, y sus ojos tenían una mirada lejana y llena de algo parecido al odio. Odio a sí mismo, quizá. Sin lugar a dudas, era una mirada rebosante de amargura.

Jez sintió un escalofrío.

—Sólo hay una cosa que podría haberte traído de vuelta. Y debería haberlo comprendido en el mismo instante en que apareciste. No fue preocupación por ninguno de nosotros; esto no tiene nada que ver con la banda.

La miró directamente al rostro, los labios curvados en una sonrisa perfecta y malévola; nunca había estado tan guapo, ni más frío.

—Lo sé, Jez Redfern. Sé exactamente por qué estás aquí hoy.

10

Jez permaneció perfectamente inmóvil, manteniendo el rostro inexpresivo mientras su mente trabajaba a toda velocidad, pasando de una estrategia a otra. Había dos salidas; pero salir por la ventana implicaba una caída de tres pisos, y probablemente no sobreviviría a eso en el estado en que se encontraba. Aunque, desde luego, tampoco podía irse sin hacer algo para silenciar a Morgead... y también una pelea acabaría con ella...

Reprimió cualquier sentimiento, devolvió la mirada de Morgead, y dijo con calma:

—¿Y cómo es eso?

Una expresión triunfal centelleó en los ojos de Morgead.

—Jez «Redfern». Ésa es la clave, ¿verdad? Tu familia.

Tendré que matarlo de algún modo, pensó, pero él seguía hablando.

—Te ha enviado tu familia. Hunter Redfern. Sabe que es cierto, que he encontrado al Poder Salvaje, y espera que lo obtengas de mí.

Una sensación de alivio recorrió poco a poco a Jez, y los músculos de su estómago se relajaron. No permitió que se notara.

—¡Serás idiota! Por supuesto que no. Yo no hago recados para el Consejo.

Morgead hizo una mueca desdeñosa.

—No he dicho el Consejo, sino Hunter Redfern. Está intentando ganarle la mano al Consejo, ¿verdad? Quiere al Poder Salvaje. Para restituir a los Redfern a la gloria de antaño. Estás haciendo recados para él.

La exasperación hizo que Jez se atragantara. Luego escuchó a la parte de su cerebro que le decía que se controlara y pensara con claridad.

Estrategia, le decía aquella parte. *Te acaba de entregar la respuesta y tú intentas apartarla de un manotazo.*

—De acuerdo; ¿y qué si eso es cierto? —dijo ella por fin, con un tono seco—. ¿Qué pasa si vengo de parte de Hunter?

—Entonces puedes decirle que se vaya al demonio. Ya le expuse al Consejo mis condiciones. Y no me conformaré con menos.

—¿Y cuáles eran tus condiciones?

La miró despectivo.

—Como si no lo supieras. —Cuando ella se limitó a mirarlo fijamente, él se encogió de hombros y dejó de dar vueltas—. Un puesto en el Consejo —dijo con frialdad, cruzando los brazos sobre el pecho.

Jez prorrumpió en una carcajada.

—Tú —dijo— te has vuelto loco.

—Sé que no me lo darán. —Sonrió, y no fue una sonrisa agradable—. Espero que me ofrezcan algo como el control de San Francisco. Y algún cargo después del milenio.

Después del milenio. Lo que quería decir después del Apocalipsis, después de que la raza humana hubiera sido eliminada o sojuzgada o devorada o cualquier otra cosa que Hunter Redfern tuviera en mente.

—Quieres ser un príncipe en el orden del nuevo mundo

—dijo Jez lentamente, y le sorprendió con cuánta amargura salió de sus labios.

Le sorprendió a sí misma sentirse sorprendida. ¿No era justo eso lo que esperaba Morgead?

—Sólo quiero aquello que me corresponde. Toda la vida he tenido que quedarme ahí sin hacer nada y contemplar cómo los humanos lo obtienen todo. Tras el milenio las cosas serán diferentes. —La miró con ferocidad, rumiándolo.

Jez sintió náuseas. Pero ahora sabía qué decir.

—¿Y qué te hace pensar que el Consejo seguirá ahí después del milenio? —Sacudió la cabeza negativamente—. Te convendría más estar con Hunter. Yo apostaría por él contra el Consejo siempre.

Morgead parpadeó una vez, como un lagarto.

—¿Está planeando deshacerse del Consejo?

Jez le sostuvo la mirada.

—¿Qué harías tú en su lugar?

El semblante de Morgead no se dulcificó en absoluto; pero pudo ver por la expresión de sus ojos que había picado.

El muchacho le dio la espalda con brusquedad y se situó ante la ventana, furioso. Jez prácticamente podía ver cómo giraban los engranajes en su cerebro. Por fin, Morgead se volteó.

—De acuerdo —dijo con frialdad—. Me uniré al equipo de Hunter... pero únicamente bajo mis condiciones. Tras el milenio...

—Tras el milenio obtendrás lo que mereces.

Jez no pudo evitar devolverle la mirada iracunda. Morgead conseguía hacer salir lo peor de ella, todo aquello que intentaba controlar en sí misma.

—Obtendrás un puesto —corrigió, contando la historia que sabía que él quería escuchar; improvisaba, pero no tenía otra elección—. Hunter quiere a personas leales a él en el nuevo orden. Y si puedes probar que eres valioso, te querrá a su lado. Pero primero tendrás que probarlo. ¿De acuerdo? ¿Trato hecho?

—¿Puedo confiar en ti?

—Podemos confiar el uno en el otro porque tenemos que hacerlo. Ambos queremos la misma cosa. Si hacemos lo que Hunter quiere, los dos ganamos.

—Así que cooperamos... por el momento.

—Cooperamos... y vemos qué sucede —dijo Jez sin alterarse.

Se miraron fijamente el uno al otro desde lados opuestos del cuarto. Era como si el intercambio de sangre no hubiera sucedido jamás. Volvían a representar sus antiguos papeles; tal vez con un poco más de hostilidad, pero eran la misma Jez y el mismo Morgead de antes, disfrutando como adversarios.

Quizá resultará más fácil de ahora en adelante, pensó Jez. *Siempre y cuando Hunter no aparezca para echar por tierra mi historia.*

Entonces sonrió burlonamente por dentro. Eso jamás sucedería. Hunter Redfern no había visitado la costa Oeste en cincuenta años.

—Manos a la obra —dijo ella con decisión y en voz alta—. ¿Dónde está el Poder Salvaje, Morgead?

—Te lo mostraré. —Se dirigió hacia el futón y entonces se sentó en él.

Jez permaneció donde estaba.

—Me mostrarás, ¿qué?

—Te mostraré al Poder Salvaje.

Había una televisión con un reproductor de video a los pies de la cama, colocados directamente sobre el suelo, y Morgead estaba introduciendo una cinta de video.

Jez decidió instalarse en el otro extremo del futón, aliviada y alegre por tener la oportunidad de sentarse.

—¿Tienes al Poder Salvaje en una cinta?

Él le lanzó una mirada gélida por encima del hombro.

—Sí, en *Los videos caseros más divertidos de América*. Haz el favor de callarte, Jez, y observar.

Jez entrecerró los ojos y observó.

Lo que contemplaba era una película de televisión sobre un asteroide catastrófico. Había visto esa película... Era horrible. Súbitamente, la acción quedó interrumpida por el logo de una emisora de noticias local. Una presentadora rubia apareció en la pantalla.

—«Noticia de última hora en San Francisco. Tenemos imágenes en directo del barrio de Marina donde un gran incendio arde furiosamente en un complejo de viviendas subvencionadas por el gobierno. Conectamos ahora con Linda Chin, que se encuentra en el lugar de los hechos.»

La escena cambió a una periodista de cabello oscuro.

—«Regina, estoy aquí en la calle Taylor, donde los bomberos intentan impedir que este espectacular incendio se propague...»

Jez pasó la mirada de la televisión a Morgead.

—¿Qué tiene esto que ver con el Poder Salvaje? Lo vi en directo. Sucedió hace un par de semanas. Estaba mirando esa película estúpida...

Calló de golpe, horrorizada consigo misma. Lo cierto era que había estado a punto de decir: «Estaba mirando esa película estúpida con Claire y tía Nan». A punto de soltar, como si nada, los nombres de los humanos con los que vivía. Apretó los dientes, furiosa.

Ya había dado a conocer a Morgead un dato: que hacía un par de semanas había estado en aquella zona, en el radio de emisión de aquella cadena de noticias local.

Pero ¿qué le pasaba?

Morgead ladeó la cabeza para lanzarle un sardónico vistazo, sólo para mostrarle que no se le había pasado por alto su desliz. Pero todo lo que dijo fue:

—Sigue mirando. En seguida verás la conexión.

En la pantalla las llamas eran de un naranja brillante, deslumbrantes contra el telón de fondo de la oscuridad; tan brillantes que si Jez no hubiera conocido bien aquella parte del barrio de Marina, no habría podido decir gran cosa sobre ella. Delante del edificio había bomberos vestidos de amarillo armados con mangueras. De improviso empezó a salir humo a raudales cuando una de aquellas mangueras arrojó un chorro de agua directamente sobre las llamas.

—«Lo más preocupante es que todavía podría haber una niña pequeña en el interior de este complejo...

Sí, eso era lo que Jez recordaba sobre aquel incendio. Había habido una criatura...»

—Mira aquí —indicó Morgead, señalando.

La cámara estaba efectuando un zoom sobre algo, acercando las llamas. Se trataba de una ventana en el hormigón café rosáceo del edificio. Más arriba, en el tercer piso. Las llamas fluían hacia arriba desde la pasarela situada debajo, haciendo que toda la zona pareciera demasiado peligrosa como para acercarse.

La periodista seguía hablando, pero Jez ya no la escuchaba y se inclinaba más al frente, con los ojos fijos en aquella ventana.

Como todas las demás, estaba medio cubierta con una pantalla de hierro forjado con un dibujo de rombos. A diferencia de las otras, había en ella algo más: en el alféizar había un par de cubetas de plástico con tierra y plantas esmirriadas. Una jardinera.

Y una cara que miraba por entre las plantas.

La cara de una niña.

—Ahí —dijo Morgead.

La periodista seguía hablando:

—«Regina, los bomberos afirman sin lugar a dudas que hay alguien en el tercer piso de este edificio. Están buscando el modo de acercarse a esa persona... a la niña».

Habían dirigido potentes focos hacia las llamas, y ése era el único motivo de que la niña resultara visible. Aun así, Jez no conseguía distinguir sus facciones; la niña era tan sólo una pequeña mancha borrosa.

Los bomberos intentaban colocar una especie de escalera en dirección al edificio. La gente corría, apareciendo y desapareciendo en el humo arremolinado. La escena resultaba fantasmal, de otro mundo.

Jez recordaba aquello, recordaba escuchar el horror apenas reprimido en la voz de la periodista, recordaba a Claire junto a ella murmurando con un jadeo agudo.

—Es una criatura —había dicho Claire, agarrando el brazo de Jez y clavándole las uñas, olvidando por un momento lo mucho que le desagradaba su prima—. ¡Oh, Dios mío, una criatura!

Y yo dije algo como «Todo irá bien», recordó Jez. Pero sabía que no sería así. Había demasiado fuego. No existía ninguna posibilidad...

La periodista seguía diciendo: «Todo el edificio está afectado...». Y la cámara volvía a moverse para ofrecer un primer plano, y Jez recordó haber comprendido que realmente iban a mostrar por televisión cómo aquella niña se quemaba viva.

Las macetas de plástico se estaban derritiendo. Los bomberos intentaban hacer algo con la escalera. Y entonces hubo un repentino y enorme estallido de color naranja, una explosión, y las llamas de debajo de la ventana adquirieron velocidad y empezaron a fluir hacia arriba con una energía frenética. Eran tan brillantes que parecían succionar toda la luz de su entorno.

Envolvieron la ventana de la niña.

A la periodista se le quebró la voz.

Jez recordaba que Claire jadeó *No...* y que sus uñas la hicieron sangrar. Recordó haber querido apartar la mirada.

Pero entonces, de improviso, la pantalla del televisor parpadeó y mostró cómo una enorme cortina de humo salía a borbotones del edificio. Humo negro, luego gris, luego de un gris claro que parecía casi blanco. Todo estaba sumido en el humo. Cuando por fin se aclaró un poco, la periodista tenía la vista alzada y clavada en el edificio con una expresión de manifiesto asombro, y se olvidó de voltearse hacia la cámara.

—«Esto es increíble... Regina, la situación ha cambiado por completo... Los bomberos han... O bien el agua de improviso ha causado efecto o alguna otra cosa ha provocado que el fuego se apague... Jamás he visto nada parecido.»

Cada ventana del edificio escupía en aquellos momentos humo blanco. Y la imagen parecía haberse quedado descolorida, porque ya no había llamas de intenso color naranja recortándose en la oscuridad.

El fuego simplemente se había extinguido.

—«En realidad, no sé qué ha sucedido, Regina... Creo que puedo afirmar sin temor a equivocarme que todo el mundo aquí está muy agradecido...»

La cámara efectuó un zoom sobre el rostro de la ventana. Todavía resultaba difícil distinguir sus facciones, pero Jez pudo ver una tez color café y lo que parecía ser una expresión tranquila. Luego una mano salió fuera para tomar con delicadeza una de las cubetas fundidas y meterla dentro.

La imagen se congeló. Morgead había presionado el botón de pausa.

—Nunca se explicaron qué detuvo el fuego. Se apagó en todas partes, de golpe, como si lo hubieran sofocado.

Jez podía ver adónde quería ir a parar.

—Y tú crees que fue alguna especie de Poder el que lo extinguió. No sé, Morgead; es una asunción de gran envergadura. Y saltar de ahí a la idea de que se trata de un Poder Salvaje...

—Así que ha vuelto a pasársete por alto. —Morgead sonaba complacido consigo mismo.

—¿El qué?

El joven rebobinaba ya la cinta, retrocediendo al momento antes de que el fuego se apagara.

—Casi se me pasó cuando lo vi en directo. Tuve la suerte de estarlo grabando. Cuando volví atrás y lo miré otra vez, pude verlo con claridad.

La cinta se reproducía ahora a cámara lenta. Jez vio el estallido de fuego naranja, cuadro por cuadro, aumentando de tamaño. Vio cómo reptaba hacia arriba para engullir la ventana.

Y entonces se produjo un fogonazo.

Sólo había aparecido como un parpadeo a velocidad normal, fácil de confundir con alguna clase de problema de la cámara, pero, a aquella velocidad, no obstante, Jez no podía equivocarse sobre ello.

Era azul.

Pareció un rayo o una llama; blanco azulado con una aureola de un azul más intenso alrededor. Y se movía. Empezó pequeño, un punto circular justo en la ventana, pero en el fotograma siguiente era mucho más grande, y se propagaba en todas direcciones, alargando sus dedos al interior de las llamas. En el fotograma siguiente cubría toda la pantalla de la televisión, y daba la impresión de engullir el fuego.

En el fotograma que vino a continuación había desaparecido y el fuego se había desvanecido con él. Empezó a deslizarse humo blanco fuera de las ventanas.

Jez tenía los ojos clavados en la pantalla.

—Por la diosa —musitó—. Fuego azul.

Morgead rebobinó la cinta para volver a pasar la escena.

—«En fuego azul, la oscuridad postrera queda desterrada. En sangre se paga el precio final.» Si esa niña no es un Poder Salvaje, Jez... entonces ¿qué es? Dímelo tú.

—No lo sé.

La muchacha se mordió el labio lentamente, contemplando cómo aquella cosa extraña volvía a florecer en la televisión. Así que el fuego azul del poema se refería a una clase nueva de energía.

—Estás empezando a convencerme. Pero...

—Oye, todo el mundo sabe que uno de los Poderes Salvajes está en San Francisco. Una de las viejas arpías del Círculo de Brujas... la abuela Harman, creo... tuvo un sueño sobre ello. Vio el fuego azul frente a la Torre Coit o algo así. Y todo el mundo sabe que se supone que los cuatro Poderes Salvajes empezarán a manifestarse más o menos ahora. Creo que esa niña lo hizo por primera vez cuando comprendió que iba a morir. Cuando se sintió desesperada hasta ese punto.

Jez podía imaginarse aquella clase de desesperación; ya lo había hecho la primera vez, al contemplar el incendio en directo. ¿Qué se debía de sentir... estando atrapado de esa manera? Sabiendo que no hay ninguna posibilidad de ayuda para ti, que estás a punto de experimentar el dolor más terrible que se pueda imaginar. Sabiendo que vas a sentir cómo tu cuerpo se carboniza y tus cabellos arden como una antorcha, y que transcurrirán dos o tres minutos interminables antes de que mueras y el horror termine.

Pues claro que estaría desesperada. Y eso podría extraer un poder nuevo de su interior, un estallido frenético de fuerza, como un grito inconsciente sacado de lo más profundo de uno mismo.

Pero una cosa la perturbaba.

—Si esta niña es el Poder Salvaje, ¿por qué no advirtió su

círculo lo sucedido? ¿Por qué no les dijo ella «Eh, chicos, miren; ahora puedo apagar incendios»?

Morgead pareció enojado.

—¿Qué quieres decir con «su círculo»?

—Bueno, es un bruja, ¿no? No me estarás diciendo que vampiros y cambiantes están desarrollando poderes nuevos como ése.

—¿Quién ha hablado de brujas, vampiros o cambiantes? Esa niña es humana.

Jez pestañeó.

Y volvió a pestañear, intentando ocultar hasta dónde llegaba su asombro. Por un momento pensó que Morgead le estaba tomando el pelo, pero los ojos verdes del joven tenían una expresión simplemente exasperada, no maliciosa.

—Los Poderes Salvajes... ¿pueden ser humanos?

Morgead sonrió de improviso; fue una sonrisa de suficiencia.

—Así que no lo sabías. No has oído todas las profecías, ¿verdad? —Adoptó una burlona pose oratoria—. Se supone que hay:

«Uno de la tierra de reyes largo tiempo olvidados;
uno del hogar que todavía mantiene la chispa;
uno del Mundo Diurno donde dos ojos vigilan;
uno del crepúsculo para ser uno con la oscuridad».

El Mundo Diurno, pensó Jez. *No el Mundo de la Noche, el Night World, sino el mundo de los humanos.* Al menos uno de los Poderes Salvajes tenía que ser humano.

Increíble... pero ¿por qué no? Se suponía que los Poderes Salvajes eran extraños.

Entonces se le ocurrió algo y sintió que el estómago le daba un vuelco.

—No me extraña que estés tan ansioso por entregarla —dijo en voz baja—. No se trata sólo de obtener una recompensa...

—Sino porque esa pequeña escoria merece morir... o lo que sea que Hunter tenga pensado para ella. —Morgead lo dijo con toda naturalidad—. Sí, la chusma no tiene derecho a desarrollar poderes del Night World. ¿Correcto?

—Desde luego —respondió Jez sin emoción.

Voy a tener que vigilar a esta niña cada minuto, pensó. *No siente la menor compasión por ella... y sólo la diosa sabe a qué podría llegar para que yo no tenga a la pequeña.*

—Jez. —La voz de Morgead era suave, casi agradable, pero captó toda la atención de la muchacha—. ¿Por qué no te contó Hunter esa profecía? El Consejo la desenterró la semana pasada.

Ella le dedicó una veloz mirada y sintió un escalofrío interior. Había un gélido recelo en las profundidades de sus ojos verdes. Cuando Morgead gritaba y se enfurecía ya resultaba bastante peligroso, pero cuando aparecía así de tranquilo, era letal.

—No tengo ni idea —respondió ella con rotundidad, arrojando el problema de vuelta a él—. A lo mejor porque yo ya estaba aquí en California cuando lo desentrañaron. Pero ¿por qué no lo llamas y se lo preguntas tú mismo? Estoy segura de que le encantaría tener noticias tuyas.

Hubo una pausa. Luego Morgead le dedicó una mirada de asco y se dio la vuelta.

Una buena finta es inestimable, pensó Jez.

Ahora era seguro seguir adelante, así que dijo:

—Así pues, ¿qué significan los «dos ojos que vigilan» de la profecía?

Él puso los ojos en blanco.

—¿Cómo podría saberlo? Resuélvelo tú. Tú siempre has sido la lista.

A pesar del marcado sarcasmo, Jez sintió una clase diferente de escalofrío, uno de sorpresa. Sus palabras eran sinceras. Morgead era realmente listo —había visto aquel parpadeo en la pantalla de la televisión y había comprendido lo que era, cuando al parecer ninguno de los adultos de la zona de la Bahía lo había conseguido—, y sin embargo creía que ella lo era más.

—Bueno, tú pareces estar haciéndolo muy bien —replicó Jez.

Lo había estado mirando sin apartar la vista, para no mostrarle ninguna debilidad, y vio que le cambiaba la expresión. Sus ojos verdes se suavizaron y la sarcástica crispación del labio se alisó.

—Nada de eso, no hago más que avanzar a tropezones —masculló, mirando en otra dirección.

Entonces volvió a alzar la vista y, de algún modo, se vieron atrapados en un momento en el que simplemente se miraban el uno al otro en silencio. Ninguno volvió la cara, y a Jez el corazón le dio un extraño vuelco.

El momento se dilató.

¡Idiota! Esto es ridículo. Hace un minuto le tenías miedo; por no mencionar que estabas asqueada por su actitud hacia los humanos. Sencillamente, no puedes cambiar de improviso a esto.

Pero no sirvió de nada. Incluso el darse cuenta de que peligraba su vida no ayudó. A Jez no se le ocurría nada que decir para romper la tensión, y no parecía capaz de apartar los ojos de Morgead.

—Jez, oye...

Morgead se inclinó al frente y le posó una mano en el antebrazo. Ni siquiera parecía saber que lo hacía; tenía una expresión abstraída ahora, y sus ojos estaban fijos en los de la joven.

Su mano era cálida. Un hormigueo se propagó en el interior de Jez desde el lugar donde él tocaba su piel.

—Jez... sobre lo de antes... no quería...

De repente el corazón de Jez latía a demasiada velocidad. *Tengo que decir algo*, pensó, pugnando por mantener el rostro impasible. Pero tenía la garganta seca y su mente era una pantalla en blanco con un zumbido constante. Lo único que era capaz de percibir con claridad era el lugar donde Morgead y ella se tocaban; lo único que era capaz de ver con claridad eran los ojos del muchacho. Ojos de gato, del más intenso color esmeralda, con luces verdes que cambiaban de posición en ellos...

—Jez —dijo él por tercera vez.

Y ella advirtió de golpe que el hilo de plata entre ellos no se había roto; que podría haberse estirado casi hasta llegar a ser invisible, pero que seguía allí, todavía tirando, intentando hacer que su cuerpo se debilitara y su visión se desdibujara. Intentando hacer que cayera hacia Morgead al mismo tiempo que él caía hacia ella.

Y entonces se oyó el sonido de alguien que abría de una patada la puerta.

11

—¡Eh, Morgead! —gritaba una voz al mismo tiempo que la puerta se abría violentamente, en medio de un gran estrépito, encallándose cada pocos centímetros porque era vieja y alabeada y ya no encajaba en el marco.

Jez se había vuelto bruscamente al primer ruido. La conexión entre Morgead y ella quedó interrumpida, aunque pudo percibir tenues ecos del hilo de plata, como la vibración de la cuerda de una guitarra después de haber sido pulsada.

—Eh, Morgead...

—Eh, ¿todavía duermes...?

Varias personas que reían escandalosamente penetraban en tropel en la habitación. Pero los gritos cesaron de improviso cuando vieron a Jez.

Hubo una exclamación ahogada, y a continuación silencio.

Jez se levantó para enfrentarse a ellos. Ya no podía permitirse sentir cansancio; cada músculo de su cuerpo estaba levemente en tensión, cada sentido alerta.

Sabía que se encontraba en peligro.

Al igual que Morgead, aquéllos eran los marginados de las calles de San Francisco. Los huérfanos, los que vivían con pa-

115

rientes a los que les eran indiferentes, lo que nadie en el Night World quería en realidad. Los olvidados.

Su banda.

Acababan de salir de clase y estaban listos para ir a armar lío.

Jez siempre había pensado, desde el día en que Morgead y ella empezaron a recoger a aquellos chicos, que el Night World cometía un error al tratarlos como si fueran basura. Podrían ser jóvenes; podrían no tener familias, pero poseían poder, y cada uno de ellos tenía la fuerza para ser un adversario formidable.

Y justo en aquel momento la miraban como un grupo de lobos contemplando la cena. Si todos decidían ir por ella a la vez, tendría problemas. Alguien acabaría muerto.

Los miró directamente a la cara, tratando de mostrarse tranquila, al mismo tiempo que una voz serena rompía por fin el silencio.

—Realmente eres tú, Jez.

Y luego otra voz, junto a Jez.

—Sí, está de vuelta —respondió Morgead con despreocupación—. Ha regresado para unirse a la banda.

Jez le lanzó la más breve de las miradas de soslayo, porque no había esperado que él la ayudara. Él le devolvió la mirada con una expresión ilegible.

—... ¿de vuelta? —inquirió alguien sin comprender.

Jez sintió una punzada de divertida afinidad.

—Así es —dijo, manteniendo el rostro serio—. Tuve que irme durante un tiempo, y no puedo decirles adónde, pero ya estoy de vuelta. Acabo de ganar en una pelea mi derecho a volver... He vencido a Morgead en un combate por el liderazgo.

Consideró que lo mejor sería dejarlo todo claro de entrada. No sabía cómo iban a reaccionar a la idea de tenerla como líder.

Hubo otro largo momento de silencio, y luego una aclama-

116

ción. Un sonido semejante a un grito de guerra. Al mismo tiempo hubo una violenta desbandada en dirección a Jez: cuatro personas se arrojaron a la vez sobre ella. Durante una milésima de segundo, la muchacha se quedó paralizada, lista para rechazar un ataque cuádruple.

Entonces unos brazos le rodearon la cintura.

—¡Jez! ¡Te he extrañado!

Alguien le dio una palmada en la espalda casi con la fuerza suficiente para derribarla al suelo.

—¡Chica mala! ¿Has vuelto a ganarle?

Intentaban abrazarla y darle puñetazos amistosos y palmaditas todo a la vez, y Jez tenía que esforzarse para no demostrar que se sentía abrumada. No se esperaba algo así de ellos.

—Me alegro de volver a verlos, chicos —dijo, con voz un tanto temblorosa; y era totalmente cierto.

Raven Mandril dijo:

—Nos asustaste cuando desapareciste, ¿sabes?

Raven era una muchacha alta y esbelta de tez pálida como el mármol; llevaba el negro pelo corto por detrás y largo por delante, cayendo sobre un ojo y ocultándolo. El otro ojo, negro azulado, miró a Jez con un centelleo.

Jez se permitió devolver el centelleo, sólo un poco. Siempre le había gustado Raven, que era la más madura del grupo.

—Lo siento, chica.

—Yo no estaba asustada.

Ésa era Thistle, que seguía abrazada a la cintura de Jez. Thistle Galena tenía un aspecto delicado que había dejado de envejecer al cumplir los diez; tenía la misma edad que los demás, pero era diminuta y casi ingrávida. Tenía un pelo rubio liviano como una pluma, ojos color amatista y pequeños y relucientes dientes blancos; su especialidad era representar el papel de la niña perdida y luego atacar a cualquier humano que intentara ayudarla.

117

—Tú nunca te asustas —le dijo Jez, devolviéndole el abrazo.

—Quiere decir que sabía que estabas bien, dondequiera que estuvieses. Yo también —dijo Pierce Holt.

Pierce era un muchacho frío y delgado; tenía un rostro aristocrático y manos de artista. Su pelo era rubio oscuro, tenía los ojos hundidos y parecía llevar consigo su propia sensación térmica; pero justo en aquel momento miraba a Jez con fría aprobación.

—Me alegro de que alguien pensara eso —repuso ella, echando un vistazo a Morgead, que se limitó a mostrarse condescendiente.

—Sí, bueno, lo cierto es que algunas personas se estaban volviendo locas. Pensaban que estabas muerta —interpuso Valerian Stillman, siguiendo la mirada de Jez.

Val era un grandulón de aspecto heroico; su pelo era de un intenso color castaño rojizo, sus ojos estaban moteados de gris, y tenía la complexión de un jugador de rugby. Por lo general se pasaba el tiempo o bien riendo o gritando impaciente.

—Morgead nos hizo peinar las calles en tu busca desde Daly City al puente Golden Gate...

—Porque tenía la esperanza de que unos cuantos de ustedes caerían de él —replicó Morgead sin emoción—. Pero no tuve esa suerte. Ahora cállate, Val. No tenemos tiempo para toda esta monserga de reencuentro de colegas. Tenemos cosas importantes que hacer.

El rostro de Thistle se iluminó a la vez que se apartaba de Jez.

—¿Te refieres a una cacería?

—Se refiere al Poder Salvaje —dijo Raven; su único ojo al descubierto estaba clavado en Jez—. Ya te lo ha contado, ¿verdad?

—No he necesitado contárselo —intervino Morgead—. Ya lo sabía. Ha vuelto porque Hunter Redfern quiere hacer un trato con nosotros. El Poder Salvaje a cambio de un puesto a su lado después del milenio.

Obtuvo una reacción; la que Jez sabía que él esperaba. Thistle lanzó un gritito de placer, Raven rio con voz ronca, Pierce ofreció una de sus sonrisas gélidas y Val emitió un rugido.

—¡Sabe que el que tenemos es genuino! ¡No quiere líos con nosotros! —gritó.

—Eso es, Val; estoy seguro de que está temblando como un flan —dijo Morgead, y echó una veloz mirada a Jez y puso los ojos en blanco.

Jez no pudo evitar una sonrisa divertida. Realmente era como en los viejos tiempos: Morgead y ella intercambiando miradas secretas sobre Val. Una calidez extraña la recorría; no era el pavoroso calor hormigueante que había experimentado estando a solas con Morgead, sino algo más simple. Una sensación de estar con gente a la que le gustaba y que la conocía. Una sensación de pertenencia.

Eso era lo que había extrañado en su escuela humana. Ella había visto cosas que harían enloquecer a sus compañeros de clase humanos con sólo imaginarlas. Ninguno de ellos tenía la menor idea de cómo era el mundo real... o de cómo era Jez, en realidad.

Pero ahora la rodeaban personas que la comprendían. Y la sensación era tan agradable que resultaba alarmante.

No había esperado aquello, que se introduciría de nuevo en la banda igual que una mano en un guante. O que algo en su interior miraría en derredor, suspiraría y diría: «Estamos en casa».

Porque no estoy en casa, se dijo con severidad. *Éstos no son mi gente. Ellos en realidad tampoco me conocen...*

Pero no tienen por qué hacerlo. El diminuto susurro había regresado. *Ni siquiera necesitas contarles que eres humana. No tienen por qué descubrirlo.*

Jez rechazó aquel pensamiento, estrujó con fuerza la parte de su mente que susurraba, y esperó que permaneciera allí aplastada. Intentó concentrarse en lo que los otros decían.

Thistle hablaba con Morgead, mostrando todos sus diminutos dientes al sonreír.

—Entonces, si ya han acordado todas las condiciones, ¿significa eso que vamos a hacerlo ahora? ¿Vamos por la niñita?

—¿Hoy? Sí, imagino que podríamos. —Morgead miró a Jez—. Sabemos su nombre y todo lo demás. Se llama Iona Skelton, y vive justo un par de edificios más abajo de donde sucedió el incendio. Thistle se hizo amiga de ella a principios de esta semana.

Jez se sobresaltó, aunque mantuvo el semblante relajado. No había esperado que las cosas se movieran tan de prisa. Pero podría resultar mucho mejor así, comprendió, mientras su cabeza barajaba posibilidades con rapidez. Si podía hacerse con la niña y llevársela a Hugh, toda aquella mascarada podría haber finalizado en un solo día. Incluso podría sobrevivir a ella.

—No te emociones en exceso —advirtió a Thistle, pasando los dedos por el sedoso pelo de la más pequeña del grupo para eliminar algunas briznas de hierba—. Hunter quiere al Poder Salvaje vivo e intacto. Tiene planes para ella.

—Además, antes de atraparla, tenemos que ponerla a prueba —dijo Morgead.

Jez controló un impulso de tragar saliva y siguió peinando los cabellos de Thistle con los dedos.

—¿Qué quieres decir con ponerla a prueba?

—Creo que eso debería ser evidente. No podemos arriesgarnos a enviarle a Hunter algo que no funciona. Tenemos que asegurarnos de que es el Poder Salvaje.

Jez enarcó una ceja.

—Pensaba que estabas seguro —dijo, aunque desde luego sabía que Morgead tenía razón, pues ella misma habría insistido en que Hugh hallara un modo de poner a prueba a la niña antes de hacer nada más con ella.

El problema era que la prueba de Morgead era probable que resultara... desagradable.

—¡Estoy seguro, pero aun así quiero ponerla a prueba! —le espetó Morgead—. ¿Tienes algún problema con eso?

—Únicamente si es peligroso. Para nosotros, me refiero. Después de todo, posee alguna clase de poder inconcebible, ¿verdad?

—Y va a la escuela primaria. No creo que vaya a poder enfrentarse a seis vampiros.

Los demás miraban a un lado y a otro entre Morgead y Jez igual que espectadores de un partido de tenis.

—Es como si jamás se hubiera ido —dijo Raven en tono guasón, y Val lanzó una risotada en tanto que Thistle reía tontamente.

—Siempre parecen tan... casados —comentó Pierce, con un leve dejo de resentimiento en la fría voz.

Jez los miró con ira, consciente de que Morgead también lo hacía.

—No me casaría con él ni aunque todos los demás chicos de la Tierra estuvieran muertos —informó a Pierce.

—Si tuviera que elegir entre ella y una humana, elegiría a la humana —terció Morgead con malicia.

Todo el mundo rio ante aquello. Incluso Jez.

El sol centelleaba sobre el agua en Marina. A la izquierda de Jez se extendía una amplia franja de hierba verde, donde la gente hacía volar enormes papalotes de vivos colores, algunos de los cuales eran muy complejos con docenas de colas con los colores del arco iris. En la acera la gente se desplazaba sobre patines en línea, hacía *footing* y paseaba perros. Todo el mundo llevaba ropa veraniega; todo el mundo era feliz.

No pasaba lo mismo al otro lado de la calle.

Todo era distinto en aquel lado. Una línea de hormigón de un café rosado se alzaba como un muro para señalar la diferencia. Había un instituto y luego hileras de un complejo de viviendas subvencionadas; todos los edificios idénticamente cuadrados, lisos y feos. Y en la calle siguiente, más allá de ellos, no había nadie paseando.

Jez dejó que Morgead encabezara la marcha en su moto mientras se dirigía hacia aquellos edificios. Ella siempre encontraba aquel lugar deprimente.

El muchacho penetró en un callejón estrecho junto a una tienda con un letrero desvencijado que proclamaba «Mariscos De Lish». Val entró con un rugido de motor tras él, y lo siguieron Jez, luego Raven, que llevaba a Thistle de paquete, y finalmente Pierce. Todos apagaron los motores.

—Ahí es donde vive ahora, al otro lado de la calle —dijo Morgead—. Su madre y ella se alojan con su tía. Nadie juega en la zona de columpios; es demasiado peligroso. Pero Thistle podría ser capaz de hacerla bajar la escalera.

—Desde luego que puedo —respondió la aludida con tranquilidad, y mostró sus afilados dientes en una mueca burlona.

—Veamos, podemos atraparla y desaparecer antes de que la madre se dé cuenta —dijo Morgead—. Podríamos llevarla a mi casa y hacer la prueba en un lugar donde nadie moleste.

Jez tomó una bocanada de aire para calmar el nudo que sentía en el estómago.

—Yo la agarraré —dijo; al menos de ese modo podría susurrar algo reconfortante a la pequeña—. Thistle, tú intenta sacarla justo hasta la acera. Los demás, permanezcan detrás de mí; si ve un montón de motos, probablemente saldrá corriendo.

Pero estén listos para acelerar cuando yo salga y la agarre. El ruido debería ayudarnos a ocultar cualquier grito. Raven, tú recoge a Thistle en cuanto yo tenga a la niña, y todos iremos directamente de vuelta a casa de Morgead.

Todo el mundo asentía, mostrándose complacidos con el plan... salvo Morgead.

—Creo que deberíamos dejarla sin sentido cuando la atrapemos. De ese modo no habrá gritos. Por no mencionar ningún fuego azul cuando comprenda que la están secuestrando...

—Ya les expliqué cómo vamos a hacerlo —terció Jez en tono categórico—. No quiero que se la deje sin sentido, y no creo que vaya a ser capaz de hacernos daño. Ahora, prepárense todos. En marcha, Thistle.

Mientras Thistle cruzaba la calle dando saltos, Morgead soltó un fuerte resoplido. Tenía la mandíbula tirante.

—Jamás te ha gustado aceptar consejos, Jez.

—Y a ti jamás te ha gustado aceptar órdenes.

Pudo ver cómo el muchacho empezaba a echar chispas, pero sólo con el rabillo del ojo, ya que la mayor parte de su atención estaba concentrada en el edificio de viviendas.

Era un lugar tan desolado. No había grafitis... pero tampoco hierba. Un par de árboles alicaídos enfrente. Y aquella área de juegos con un tobogán de metal azul y unas cuantas motos sobre muelles para montar en ellas... todo con un aspecto nuevo e intacto.

—Imagínense cómo debe de ser crecer en un lugar como éste —dijo.

Pierce rio de un modo extraño.

—Parece como si la compadecieras.

Jez dirigió una veloz mirada atrás. No había compasión en los hundidos ojos oscuros del joven... como tampoco la había en los ojos de un negro azulado de Raven o en los de color avellana de Val. Era curioso, no los recordaba tan despiadados;

pero claro, ella no había sido sensible al tema en aquellos tiempos. Jamás se habría parado a preguntarse por lo que sentían respecto a los niños humanos.

—Es porque es una niña —dijo Morgead con brusquedad—. Es duro para cualquier niño crecer en un lugar como éste.

Jez le dirigió una veloz mirada, sorprendida, y vio en sus ojos esmeralda lo que había extrañado en los otros: una especie de sombría piedad. Luego él se encogió de hombros, y aquella expresión desapareció.

En parte para cambiar de tema, y en parte porque sentía curiosidad, dijo:

—¿Morgead? ¿Conoces la profecía con la frase sobre la visión de la Doncella ciega?

—¿Cuál, ésta? —Citó—:

«Cuatro para interponerse entre la luz y la sombra,
cuatro de fuego azul, con poder en su sangre.
Nacidos el año de la visión de la Doncella ciega;
cuatro menos uno y triunfa la oscuridad».

—Exacto. ¿Qué crees que significa «nacidos el año de la visión de la Doncella ciega»?

Él se mostró impaciente.

—Bueno, la Doncella tiene que ser Aradia, ¿de acuerdo?

—¿Quién es ésa? —interrumpió Val, con su cuerpo de jugador de rugby temblando lleno de interés.

Morgead dedicó a Jez una de sus miradas de «sigámosle la corriente a Val».

—La Doncella de las Brujas —respondió—. Ya sabes, la muchacha ciega. La parte Doncella del grupo Doncella, Madre y Vieja que gobierna a todas las brujas. ¿Ahora sí? Es solamente una de las personas más importantes del Night World...

—¡Oh, sí! No lo he olvidado. —Val se apaciguó.

—Estoy de acuerdo —dijo Jez—. La Doncella ciega tiene que ser Aradia. Pero ¿qué significa «el año de su visión»? ¿Cuántos años tiene la criatura que vamos a llevarnos?

—Unos ocho, creo.

—¿Tuvo Aradia alguna visión especial hace ocho años?

Morgead tenía ahora la vista fija en el otro lado de la calle, con las cejas muy juntas.

—¿Cómo quieres que lo sepa? Ha estado teniendo visiones desde que se quedó ciega, lo que significa, digamos, que desde hace unos diecisiete años. ¿Quién va a saber a cuál de ellas se refiere el poema?

—Lo que quieres decir es que ni siquiera has intentado averiguarlo —respondió Jez en tono mordaz.

Él le lanzó una mirada perversa.

—Ya que eres tan lista, hazlo tú.

Jez no dijo nada, pero tomó la decisión de hacer precisamente eso. Por algún motivo, el poema la preocupaba. Aradia tenía dieciocho años en la actualidad, y había estado teniendo visiones desde que perdiera la vista cuando tenía un año. Alguna visión concreta tenía que haber sido especial. De lo contrario, ¿por qué iba a estar incluida en la profecía?

Tenía que ser importante. Y una parte de la mente de Jez se sentía inquieta por ello.

Justo entonces vio movimiento al otro lado de la calle. Una puerta café de metal se abría y dos figuras pequeñas salían.

Una con un plumoso pelo rubio, la otra con diminutas trenzas oscuras. Iban tomadas de la mano.

Algo se retorció dentro de Jez.

Procura mantener la calma, mantén la calma, se dijo. *No sirve de nada pensar en agarrarla y huir en dirección al este de la Bahía. Se limitarían a seguirte; te localizarían. Mantente serena y podrás liberar a la pequeña más tarde.*

Sí, después de que Morgead efectúe su pequeña «prueba».

Permaneció tranquila, inmóvil, respirando lenta y uniformemente mientras Thistle conducía a la niña escalera abajo. Cuando llegaron a la acera, Jez oprimió el botón de encendido.

No dijo «¡Ahora!». No necesitaba hacerlo. Se limitó a salir a toda velocidad, sabiendo que los demás la seguirían como una bandada de bien adiestrados patitos. Oyó cómo los motores se ponían en marcha, los percibió detrás de ella en formación cerrada, y fue directo hacia la acera.

La niña con el Poder Salvaje no era tonta. Cuando vio que la moto de Jez se dirigía hacia ella, intentó huir, pero su error fue intentar salvar también a Thistle. Trató de arrastrar a la niña rubia con ella, pero Thistle resultó ser repentinamente fuerte, y se sujetó a la valla de tela metálica con una manita que parecía de hierro y manteniéndolas a ambas allí paradas.

Jez se les echó encima a toda velocidad y agarró a su objetivo hábilmente por la cintura. Hizo descender a la niña sobre el asiento de cara a ella, notó cómo el cuerpecito golpeaba contra su cuerpo y sintió cómo unas manos se aferraban automáticamente a ella para mantener el equilibrio.

Luego pasó a toda velocidad junto a un coche estacionado, abrió gas para dar un acelerón, y salió volando de allí.

Detrás de ella, sabía que Raven recogería a Thistle y que todos los demás las seguirían. No se oyó ni un grito ni un simple sonido siquiera procedente de las viviendas. Descendían en medio de un gran estruendo por la calle Taylor. Estaban dejando atrás el instituto. Huían sin problemas.

—¡Agárrate bien a mí o te caerás y te harás daño! —gritó Jez a la niña que llevaba delante, efectuando un giro a tanta velocidad que su rodilla casi rozó el suelo.

Quería mantenerse a suficiente distancia de los demás para poder hablar.

—¡Llévame de vuelta a casa!

La niña gritó las palabras, pero no histéricamente; no había gritado histérica ni una vez. Jez bajó los ojos hacia ella.

Y se encontró mirando al interior de unos profundos y aterciopelados ojos castaños. Ojos solemnes, que la miraban con expresión de reproche y desdicha... pero no con miedo.

Jez se sobresaltó.

Había esperado llantos, terror, cólera. Pero tenía la sensación de que aquella niña ni siquiera gritaría aunque ése fuese el único modo de ser oída.

A lo mejor me tendría que haber preocupado más por lo que sería capaz de hacernos. A lo mejor puede invocar fuego azul para matar a personas. De lo contrario, ¿cómo puede estar tan tranquila cuando acaban de secuestrarla?

Pero aquellos ojos castaños... no eran los ojos de alguien a punto de atacar. Eran..., Jez no sabía qué eran. Pero le desgarraban el corazón.

—Mira... Iona, ¿verdad? ¿Es ése tu nombre?

La niña asintió.

—Mira, Iona, sé que parece raro y aterrador... que alguien sencillamente te agarre en la calle. Y no puedo explicártelo todo ahora. Pero te prometo que no vas a resultar lastimada. Nadie va a hacerte daño... ¿de acuerdo?

—Quiero irme a casa.

¡Oh, niña, eso mismo querría yo! pensó Jez de repente, y tuvo que pestañear con fuerza.

—Voy a llevarte a casa... o al menos a algún lugar seguro —añadió, cuando la honestidad hizo acto de presencia inesperadamente. Había algo en la niña que hacía que no quisiera mentir—. Pero primero tenemos que ir a casa de un amigo mío. Pero, oye, no importa lo raro que parezca todo esto, quiero que recuerdes una cosa: no permitiré que sufras ningún daño. ¿De acuerdo? ¿Confías en mí?

—Mi mamá se va a asustar.

Jez inhaló profundamente y se dirigió a la autopista.

—Prometo que no permitiré que sufras ningún daño —repitió, y eso era todo cuanto podía decir.

Se sentía como un centauro, una criatura mitad persona mitad caballo de acero, llevándose a una niña humana a casi cien kilómetros por hora. No tenía sentido intentar conversar en la autopista, e Iona no volvió a hablar hasta que empezaron a acercarse, en medio de un gran estruendo, al edificio de Morgead.

Entonces dijo sencillamente:

—No quiero entrar ahí.

—No es un mal sitio —repuso Jez, accionando el freno delantero y el trasero—. Subamos al tejado. Hay un pequeño jardín.

Un diminuto destello de interés apareció en aquellos solemnes ojos castaños. Otras cuatro motos frenaron junto a ellas.

—¡Yiijaa! ¡La tenemos! —aulló Val, quitándose el casco.

—Sí, y será mejor que la llevemos arriba antes de que alguien nos vea —dijo Raven, sacudiendo los oscuros cabellos de modo que volvieron a cubrir uno de sus ojos.

Thistle bajaba del asiento posterior de la moto de Raven. Jez sintió cómo el cuerpecillo que tenía delante se quedaba rígido. Thistle miró a Iona y le sonrió con su sonrisa de dientes afilados.

Iona se volteó. No dijo ni una palabra, pero al cabo de un minuto Thistle se sonrojó y se alejó.

—Así que ahora vamos a ponerla a prueba, ¿de acuerdo? Es hora de ponerla a prueba, ¿verdad, Morgead?

Jez no había oído nunca la voz de Thistle tan chillona... tan alterada. Echó una veloz mirada a la niña que estaba frente a ella, pero Morgead hablaba en aquellos precisos momentos.

—Sí, es hora de ponerla a prueba —dijo, y pareció inesperadamente cansado para ser alguien que acababa de lograr tal triunfo; que acababa de atrapar un Poder Salvaje que iba a abrirle camino en la vida—. Acabemos con esto.

12

Jez mantuvo una mano en el hombro de la niña mientras subían la escalera bajo los sucios fluorescentes. Tan sólo podía imaginar lo que Iona debía de estar pensando mientras la conducían a lo alto del edificio.

Salieron a la azotea bajo los oblicuos rayos del sol de la tarde. Jez oprimió levemente el hombro de la niña.

—¿Ves...? Ahí está el jardín.

Indicó con la cabeza en dirección a una palmera en una maceta y tres barriles de madera que contenían una gran variedad de hojas marchitas. Iona echó una veloz mirada en aquella dirección, luego le dedicó a Jez una mirada seria.

—No están recibiendo agua suficiente —dijo con la misma calma con que lo decía todo.

—Sí, bueno, no llovió lo suficiente este verano —repuso Morgead—. ¿Quieres solucionarlo?

Iona se limitó a mirarlo con seriedad.

—Oye, me refiero a... a que tú posees el Poder, ¿de acuerdo? Así que si sencillamente quieres demostrárnoslo ahora mismo, como se te antoje, pues adelante, como quieras. Simplificará muchísimo las cosas. Haz que llueva, ¿por qué no lo haces?

Iona lo miró directamente.

—No sé de qué estás hablando.

—Sólo digo que no hay ningún motivo para que resultes lastimada aquí. Tan sólo queremos verte hacer algo como lo que hiciste la noche del incendio. Cualquier cosa. Simplemente muéstranos algo.

Jez lo observó. La escena tenía algo de incongruente: Morgead con sus botas altas y chamarra de piel, con una musculatura de hierro, elegante, nervudo, con una rodilla hincada en tierra ante aquella niña de aspecto inofensivo que llevaba unos pantalones rosas. Y la pequeña limitándose a devolverle la mirada con ojos tristes y distantes.

—Imagino que estás loco —dijo Iona en voz queda, y sus coletas se movieron cuando meneó la cabeza; una cinta rosa ondeó flojamente.

—¿Te acuerdas del incendio? —preguntó Jez desde detrás de ella.

—Claro. —La niña se volteó despacio—. Estaba asustada.

—Pero no resultaste herida. El fuego se acercó a ti y entonces tú hiciste algo. Y a continuación el fuego se fue.

—Yo estaba asustada, y entonces el fuego se fue. Pero no hice nada.

—De acuerdo —dijo Morgead, y se levantó—. Quizá si no puedes contárnoslo, podrás mostrárnoslo.

Antes de que Jez pudiera decir nada, levantaba ya a la niña y se la llevaba cargada. Tuvo que pasar por encima de una hilera de desechos que se extendían como un muro en diagonal de un lado al otro de la azotea; lo componían guías telefónicas, troncos llenos de astillas, ropas viejas y otros cachivaches, y formaba una barrera que aislaba una esquina del tejado del resto.

Colocó a Iona en el espacio situado al otro lado de la basura. Luego volvió a retroceder por encima del muro, dejándola allí. Iona no dijo nada, no intentó seguirlo y salir del triángulo.

Jez se irguió muy tensa. *La niña es un Poder Salvaje*, se dijo. *Ya ha sobrevivido a algo peor que esto. Y no importa lo que suceda, no va a resultar herida.*

Se lo prometí.

Pero le habría gustado volver a tener poderes telepáticos sólo durante instantes, únicamente para decirle a la pequeña una vez más que no tuviera miedo. En especial lo deseó mientras Val y Raven vertían gasolina sobre el muro de desechos. Iona los observó hacerlo con ojos enormes y graves, pero siguió sin moverse.

Entonces Pierce encendió un cerillo.

Las llamas brotaron amarillas y azules. Carecían del brillante color naranja que habrían tenido de noche.

Pero abrasaban. Se extendieron de prisa y Jez pudo sentir el calor desde donde estaba, a tres metros de distancia.

La niña estaba más cerca todavía.

Pero Iona siguió sin decir nada, no intentó saltar por encima de las llamas mientras aún estaban bajas, y al cabo de unos pocos instantes estaban tan altas que no podría saltar a través de ellas sin que el fuego prendiera en su persona.

De acuerdo, pensó Jez, sabiendo que la pequeña no podía oírla. *Ahora, ¡hazlo! Vamos, Iona. Apaga el fuego.*

Iona se limitó a mirarlo.

Permanecía totalmente quieta, con sus pequeñas manos cerrando los puños a los costados. Una figura pequeña y solitaria, con el sol de la tarde creando un suave halo rojo alrededor de su cabeza y el aire caliente del fuego haciendo ondear la camisa ribeteada en rosa. Miraba a las llamas directamente, pero no con agresividad, no como si planeara combatirlas.

Maldita sea, esto no está bien, pensó Jez; también ella tenía las manos apretadas en puños con tal fuerza que las uñas se le clavaban en las palmas.

—¿Saben una cosa?, estoy preocupado —dijo Pierce en voz baja justo desde detrás de ella—. Esto me preocupa.

Jez le dedicó una veloz mirada. Pierce no hablaba mucho, y siempre parecía el más frío del grupo; aparte de Morgead, desde luego, que podía ser más frío que nadie. Sus palabras dieron que pensar a Jez. ¿Podría ser que él, que jamás parecía sentir lástima, fuera en realidad el más sensible?

—Me preocupa este fuego. Sé que nadie puede vernos, pero hay muchísimo humo. ¿Y si uno de los otros inquilinos sube a investigar?

Jez casi le pegó.

Éste no es mi hogar, pensó, y sintió que la parte de ella que había suspirado y se había sentido amada y comprendida se marchitaba. *Ésta no es mi gente. No pertenezco a esta gente.*

Y no valía la pena pegarle a Pierce. Volvió a darle la espalda y a mirar a Iona otra vez. Fue vagamente consciente de que Morgead le decía que se callara, que los otros inquilinos eran la menor de sus preocupaciones, pues la mayor parte de su atención la tenía concentrada en la niña.

¡Vamos, pequeña!, pensó, y luego lo dijo en voz alta.

—¡Vamos, Iona! Apaga el fuego. ¡Puedes hacerlo! ¡Simplemente haz lo mismo que hiciste la otra vez!

Intentó atraer la mirada de la niña, pero Iona miraba las llamas. Parecía temblar ahora.

—¡Sí, vamos! —dijo Morgead con brusquedad—. Acabemos con esto, niña.

Raven se inclinó al frente, con los largos cabellos alborotándose al viento.

—¿Recuerdas lo que hiciste aquella noche? —gritó con una voz muy seria—. ¡Piensa!

Iona la miró y habló por primera vez.

—¡No hice nada!

La voz, tan serena antes, estaba al borde de las lágrimas.

El fuego ardía con fuerza ya, sonoro como un viento rugiente, y enviaba pequeños pedazos de desechos encendidos al aire. Uno descendió flotando hasta caer sobre el pie de Iona, que dio un paso atrás.

Tiene que estar asustada, se dijo Jez. *Es de eso de lo que trata esta prueba. Si no está asustada, jamás podrá hallar su Poder. Y estamos hablando de salvar el mundo. No estamos torturando a esta criatura por diversión...*

Sigue estando mal.

La idea brotó de alguna zona muy profunda de la muchacha. Jez había visto una barbaridad de cosas horribles como vampira y como cazadora de vampiros, pero de improviso supo que no podría contemplar aquello durante más tiempo.

Voy a darlo por terminado.

Miró a Morgead, que estaba de pie muy tenso, con los brazos cruzados sobre el pecho y los ojos verdes fijos en Iona como si pudiera obligarla con la mente a hacer lo que quería. Raven y Val estaban junto a él; Raven, inexpresiva bajo la mata de pelo oscuro, Val, con el ceño fruncido mientras mantenía sus enormes manos sobre las caderas. Thistle estaba un paso más o menos por detrás de ellos.

—Es hora de parar —dijo Jez.

La cabeza de Morgead se volvió veloz para mirarla.

—No. Hemos llegado hasta aquí; sería estúpido tener que volver a empezar de nuevo. ¿Sería eso más agradable para ella?

—He dicho que es hora de parar. Que tienes para apagar el fuego... ¿Has pensado acaso en eso?

Mientras hablaban, Thistle se adelantó y se colocó justo ante las llamas, con la mirada fija en Iona.

—¡Será mejor que hagas algo de prisa —gritó—, o arderás entera!

El zahiriente tono infantil atrajo la atención de Jez, pero Morgead le estaba hablando.

—Va a apagarlo en cualquier momento. Simplemente tiene que estar lo bastante asustada...

—Morgead, ¡ya está totalmente aterrada! ¡Mírala!

Morgead giró la cabeza. Los puños apretados de Iona estaban alzados ahora a la altura del pecho; tenía la boca levemente abierta como si respirara demasiado de prisa. Y aunque no gritaba o lloraba como una niña normal, Jez podía ver los temblores que recorrían el pequeño cuerpo; parecía un animal pequeño atrapado.

—Si no lo hace ahora, nunca lo hará —dijo Jez a Morgead en tono categórico—. Era una idea estúpida desde un principio, ¡y se acabó!

Vio el cambio en los ojos verdes; la llamarada de cólera y luego la repentina oscuridad de la derrota. Comprendió que iba a ceder.

Pero antes de que pudiera decir nada, Thistle se adelantó.

—¡Vas a morir! —gritó con voz estridente—. ¡Vas a arder ahora mismo!

Y empezó a patear desechos en llamas hacia Iona.

Todo sucedió muy de prisa después de eso.

Los desechos se desmoronaron en una lluvia de chispas a medida que volaban hacia Iona, y la boca de la niña se abrió horrorizada cuando descubrió que aquella porquería en llamas se arremolinaba alrededor de sus rodillas. Y entonces Raven empezó a gritarle a Thistle, pero Thistle no paraba de darle patadas al muro de desechos en llamas.

Una segunda avalancha de chispas golpeó a Iona. Jez vio cómo alzaba las manos para protegerse la cara, y luego cómo extendía los brazos a los lados cuando un pedazo de tela encendida se posó en su manga. Vio cómo una llama diminuta brotaba de la manga, y vio cómo Iona lanzaba una mirada frenética a su alrededor, buscando un modo de escapar.

Morgead arrastraba hacia atrás a Thistle por el cuello de

la camiseta, pero Thistle seguía pateando cosas. Había chispas por todas partes y Jez sintió un dolor abrasador en la mejilla.

Y a continuación los ojos de Iona se volvieron enormes e inexpresivos, y se quedaron fijos, y Jez se dio cuenta de que había tomado alguna decisión, que había encontrado algún modo de salir de aquello.

Sólo que no era el correcto.

Iba a saltar.

Jez vio cómo Iona se volvía hacia el borde del tejado, y supo en ese mismo instante que no podría llegar hasta la niña a tiempo para detenerla.

Así que sólo había una cosa que hacer.

Jez sólo esperó poder ser lo bastante rápida.

Estuvo a punto de no lograrlo. Pero había una pared de algo más de medio metro en el perímetro del tejado, y aquello retrasó a Iona un segundo mientras trepaba sobre ella. Eso dio a Jez un segundo para saltar a través del fuego y alcanzarla.

Y a continuación Iona estaba sobre la pared, y acto seguido arrojaba su pequeño cuerpo al vacío. Saltó igual que una ardilla voladora, brazos y piernas extendidos, mirando abajo a una caída de tres pisos.

Jez saltó con ella.

¡Jez! El grito telepático la siguió, pero Jez apenas si lo oyó. Ni siquiera tenía la menor idea de quién lo había dicho, pues toda su conciencia estaba puesta en la niña.

Quizá alguna parte de ella todavía esperaba que la pequeña poseyera magia y pudiera hacer que el viento la sostuviera. Pero eso no sucedió y Jez no malgastó el tiempo pensando en ello. Atrapó a Iona en pleno vuelo, aferrando el pequeño cuerpo y manteniéndolo sujeto.

Era algo que ningún humano podría haber hecho. Sin embargo, los músculos de vampiro de Jez supieron instintivamente cómo manejar aquello; la retorcieron mientras caía, colocándola debajo de la niña que sujetaba entre los brazos y poniendo las piernas bajo ella igual que las de un gato.

Pero desde luego Jez no poseía la resistencia de un vampiro a las lesiones y sabía perfectamente que, cuando golpeara el suelo, la caída le partiría ambas piernas. En su débil estado aquello podría muy bien matarla.

Debería salvar a la niña, pensó sin emoción mientras el suelo se alzaba raudo a su encuentro. La elasticidad extra de la carne de Jez actuaría como colchón.

Pero había una cosa en la que Jez no había pensado.

Los árboles.

Había árboles de Judas de aspecto descorazonador plantados a intervalos regulares a lo largo de la acera resquebrajada y musgosa. Ninguno de ellos poseía gran cosa en lo referente a follaje ni siquiera a finales de verano, pero desde luego tenían gran cantidad de ramitas.

Jez y la niña se estrellaron justo contra uno de ellos.

Jez sintió dolor, pero era el dolor provocado por arañazos y cosas punzantes, y no la sensación atroz de golpearse contra la acera. Las piernas se abrían paso violentamente a través de ramas más o menos grandes que se resquebrajaban y partían y que la golpeaban. Las ramas que se le enganchaban a los jeans y las que se engancharon a la chamarra de piel la zarandeaban de un lado a otro, pero cada rama que golpeaba aminoraba la velocidad de la caída.

Así que, cuando por fin abandonó violentamente el árbol y golpeó cemento, éste se limitó a dejarla sin aliento.

Puntos negros danzaron ante sus ojos. Luego la visión se aclaró y advirtió que estaba tumbada sobre la espalda con Iona aferrada al estómago. Brillantes hojas de árbol de Judas flotaban en dirección al suelo a su alrededor.

Por la diosa, pensó. *Lo hemos conseguido. No puedo creerlo.*

Vio una oscura forma borrosa y algo chocó con un golpe sordo contra la acera junto a ella.

Morgead. Aterrizó igual que un gato, doblando las rodillas, pero como un gato realmente grande. Un salto de tres pisos era un buen descenso incluso para un vampiro. Jez pudo ver cómo el impacto reverberaba a través de él cuando las piernas golpearon el cemento, y luego el muchacho cayó hacia adelante.

Eso debe de doler, pensó ella con distante compasión. Pero al momento siguiente él ya estaba otra vez en pie, a su lado e inclinándose sobre ella.

—¿Estás bien?

Lo gritaba tanto en voz alta como telepáticamente. Sus oscuros cabellos estaban alborotados y ondeaban al viento; sus ojos verdes tenían una expresión enloquecida.

—¡Jez!

¡Ah! Has sido tú quien gritó cuando he saltado, pensó ella. *Debería haberlo imaginado.*

Lo miró desde el suelo con un pestañeo.

—Por supuesto que estoy bien —dijo con vaguedad, y tiró de la niña tumbada sobre ella—. ¡Iona! ¿Estás bien?

La pequeña se removió. Aferraba con ambas manos la parte delantera de la chamarra de Jez, pero se incorporó un poco sin soltarse. La manga tenía un trozo quemado, pero no había fuego.

Sus aterciopelados ojos castaños estaban abiertos como platos... y llorosos. Tenía un semblante triste y confundido.

—Eso realmente ha dado miedo —dijo.

—Lo sé —repuso Jez, tragando saliva.

No servía en absoluto para hablar sobre cosas emotivas, pero justo en aquel momento las palabras surgieron sin un esfuerzo consciente.

—Lo siento, Iona; lo siento muchísimo, lo siento tanto. No deberíamos haber hecho eso. Ha sido algo muy malo, y realmente lo lamento. Vamos a llevarte a casa ahora. Nadie va a hacerte daño. Vamos a llevarte de vuelta con tu mamá.

Sus ojos aterciopelados seguían estando tristes. Cansados, entristecidos y llenos de reproches. Jez jamás se había sentido más como un monstruo; ni siquiera aquella noche en el bosque Muir cuando había comprendido que cazaba a los de su propia especie.

La mirada de Iona permaneció firme, pero la barbilla temblaba.

Jez miró a Morgead.

—¿Puedes borrarle la memoria? No veo ningún motivo por el que debería recordar todo esto.

Él seguía respirando apresuradamente, con el rostro pálido y las pupilas dilatadas; pero miró a Iona y asintió.

—Sí, puedo borrársela.

—Porque no es el Poder Salvaje, ahora ya lo sabes —dijo Jez en tono uniforme, como si efectuara un comentario sobre el tiempo.

Morgead se sobresaltó, luego se echó el pelo hacia atrás con los nudillos, cerrando los ojos por un breve instante.

—Es una niña extraordinaria, y no sé con exactitud qué va a ser; a lo mejor presidenta del país o doctora o una importante botánica. Algo especial, porque tiene esa luz interior... algo que le impide enfurecerse, ponerse de malhumor o histérica. Pero eso no tiene nada que ver con ser un Poder Salvaje.

—¡De acuerdo! ¡Ya lo he entendido! —gritó Morgead a voz en cuello, y Jez advirtió que ella no hacía otra cosa que renegar, así que calló.

Morgead tomó aire y bajó la mano.

—Así que no es ella. Estaba equivocado. He cometido un terrible error. ¿De acuerdo?

—De acuerdo. —Jez se sentía más calmada ya—. En ese caso, ¿te importaría borrarle la memoria, por favor?

—¡Sí! ¡Ya va, ya va! —Morgead posó las manos sobre los

delgados hombros de Iona—. Mira, niña, lo... siento. Jamás pensé que tú... ya sabes, saltarías de ese modo.

Iona no dijo nada. Si él quería perdón, no lo estaba obteniendo.

El muchacho inhaló profundamente y prosiguió:

—Ha sido un día de lo más asqueroso, ¿verdad? Así que por qué no te limitas a olvidar todo lo que ha pasado hoy, y antes de que te des cuenta, estarás en casa.

Jez pudo percibir cómo él proyectaba la mente, tocando la conciencia de la niña con su Poder. Los ojos de Iona se movieron, miró a Jez con aire vacilante.

—No pasa nada —susurró Jez—. No te dolerá.

Se aferró a la mirada de Iona, intentando consolarla mientras las sugerencias de Morgead se afianzaban.

—Y no tienes que recordar esto jamás —dijo Morgead, la voz tranquilizadora ahora; dulce—. Así que ¿por qué no te duermes? Puedes echar una siestecita... y cuando despiertes, estarás en casa.

Los párpados de Iona se cerraban. En el último segundo, la niña le dedicó a Jez un ligera sonrisa adormilada; un simple cambio de expresión apenas perceptible, pero que pareció aflojar la tirantez del pecho de Jez. Y luego las pestañas de Iona descansaban ya pesadamente sobre las mejillas y la respiración de la niña era profunda y regular.

Jez se incorporó a una posición sentada y depositó con suavidad a la dormida niña sobre la acera. Alisó hacia atrás una coleta descolocada y contempló cómo el menudo pecho ascendía y descendía un par de veces; luego alzó los ojos hacia Morgead.

—Gracias.

Él se encogió de hombros, exhalando con fuerza.

—Era lo mínimo que podía hacer —dijo, y a continuación le dedicó una mirada extraña.

A Jez se le ocurrió en aquel mismo instante. Era ella la que estaba tan preocupada por la niña... ¿por qué le había pedido a Morgead que le borrara el recuerdo?

Porque yo no puedo hacerlo, pensó con sequedad, y, en voz alta, dijo:

—La verdad es que estoy algo así como cansada, tras todo lo que ha sucedido hoy. No me queda mucho Poder.

—Sí... —Pero aquellos ojos verdes estaban levemente entornados, escudriñando.

—Además, me duele todo. —Jez se estiró, poniendo a prueba los músculos con cautela y notando cómo cada parte de ella protestaba.

La mirada escrutadora desapareció al instante. Morgead se inclinó al frente y empezó a revisarla con dedos ligeros y expertos, y ojos preocupados.

—¿Puedes moverlo todo? ¿Qué hay de las piernas? ¿Te sientes entumecida en alguna parte?

—Puedo moverlo todo, y sabes cómo desearía sentir entumecida alguna parte de mí.

—Jez... Lo siento. —Lo soltó con la misma torpeza con la que se lo había dicho a la niña—. No era mi intención... Quiero decir, esto sencillamente no ha salido del modo en que lo había planeado. Yo no quería que la niña resultara lastimada... y mucho menos tú. No era lo que yo tenía en mente.

¿Que la niña resultara lastimada?, pensó Jez. *No me digas que te importa eso.*

Pero no existía ningún motivo para que Morgead mintiera. Y sí que parecía desdichado... probablemente más desdichado de lo que Jez lo había visto nunca. Sus ojos seguían siendo todo pupila, como si estuviera asustado.

—Estoy bien —dijo Jez.

Fue todo cuanto se le ocurrió. De improviso se sintió mareada... vacilante y un poco aturdida, como si siguiera cayendo de la azotea.

—Sí, lo estás.

Lo dijo con automática obstinación, como si se tratara de una de las discusiones que siempre tenían. Pero alargó la mano para tocarle la mejilla.

La que había alcanzado el pedazo de porquería ardiendo. Dolía, pero Morgead la tocaba tan levemente... Parecía emanar frescor de sus dedos, un frescor que se introducía en la quemadura y hacía que doliera menos.

—Morgead... ¿qué estás haciendo? —jadeó Jez.

—Darte un poco de Poder. Estás baja de fuerzas y lo necesitas.

¿Dándole Poder? Jamás había oído nada parecido. Pero lo estaba haciendo de verdad; podía sentir cómo su piel curaba más de prisa, podía sentir cómo la energía del muchacho penetraba dentro de ella.

Fue una sensación extraña, que la hizo tiritar por dentro.

—Morgead...

Él tenía los ojos fijos en su rostro. Y de improviso fueron todo lo que Jez pudo ver; el resto del mundo era una masa borrosa. Todo lo que pudo oír fue el suave temblor de su voz; todo lo que pudo sentir fue la ternura de su tacto.

—Jez...

Se inclinaban el uno hacia el otro, o caían. Era aquel hilo de plata entre ellos, que se acortaba, que tiraba de ellos. No tenían nada a lo que agarrarse salvo el uno al otro, y entonces los brazos de Morgead la rodearon y sintió cómo la cálida boca del joven tocaba la suya.

13

El beso fue cálido y dulce. No aterrador. Jez sintió que se relajaba en los brazos de Morgead antes de darse cuenta de lo que hacía. El corazón del muchacho latía a tal velocidad contra el suyo. Se sintió aturdida, pero también segura; una sensación maravillosa.

Pero el modo como se aproximaba la mente de Morgead era otra cosa. Era igual que la primera vez: aquella terrible atracción irresistible que intentaba succionarle el alma y mezclarla con la de Morgead hasta que ambos fueran una única persona. Hasta que él conociera cada uno de sus secretos y ella se quedara sin un lugar en el que ocultarse.

Y lo peor era que sabía que no era Morgead quien lo hacía, sino que era aquella fuerza exterior que los invadía a los dos, arrastrándolos sin que pudieran hacer nada.

Tanto si lo queremos como si no. Y realmente no lo queremos, se dijo Jez con desesperación. *Ambos lo odiamos. Ninguno de los dos quiere compartir su alma...*

Pero entonces, ¿por qué seguía él abrazándola, por qué seguía besándola? ¿Y por qué se lo permitía ella?

En aquel instante sintió que la mente de Morgead tocaba la

suya, estirándose a través de la protectora pantalla de humo que ella había proyectado a su alrededor para rozar sus pensamientos con la ligereza del ala de una polilla. Reconoció la esencia de Morgead en ella; pudo percibir su alma, oscura y brillante y llena de feroz emoción por ella. Él se estaba abriendo a ella; no intentaba combatir aquello ni contenerlo siquiera; iba más allá de lo que la atracción lo obligaba a ir, se entregaba a ella libremente...

Fue un regalo que hizo que todo le diera vueltas. Y no pudo resistirlo. Su mente fluyó voluntariamente para tocar la de Morgead, con ramificaciones de pensamientos enroscándose alrededor de los del muchacho con gratitud. El impacto del placer que sintió al permitir que aquello sucediera fue aterrador; salvo que ya no podía sentirse asustada, no en aquellos momentos.

Y entonces percibió cómo él respondía, percibió su dicha, percibió cómo los pensamientos del muchacho envolvían los suyos, abrazándole la mente con la misma ternura con la que los brazos de él abrazaban su cuerpo. Y una luz blanca estalló tras los ojos de Jez...

¡Jez! ¡Morgead! ¿Qué les pasa a ustedes dos?

El pensamiento era ajeno, frío y no deseado, y se introdujo en el mundo pequeño y cálido de Jez y traqueteó por él irritantemente. Jez intentó apartarlo.

¡Eh!, escúchenme; tan sólo intento ayudar. Si están vivos, pues, digamos que podrían hacernos una seña, ¿de acuerdo?

Morgead emitió un sonido parecido a un gruñido mental.

Es Val. Tengo que matarlo.

Yo te ayudaré, le dijo Jez. Entonces algo le pasó por la mente. *¡Oh... aguarda! ¿Dónde estamos...?*

Era una buena pregunta. Una pregunta rara pero necesaria,

y tardaron un momento en desenredar los pensamientos de cada uno y volver a alzarse al mundo real.

Donde parecían estar sentados bajo los restos destrozados de un árbol de Judas, abrazados el uno al otro, con la cabeza de Jez sobre el hombro de Morgead, y el rostro de Morgead apretado contra el pelo de Jez.

Al menos habían dejado de besarse, se dijo Jez abstraídamente, y notó cómo se ponía roja como un tomate. El resto de la banda estaba de pie a su alrededor, mirándolos con expresiones preocupadas.

—¿Qué es lo que quieren, chicos? —preguntó Morgead con brusquedad.

—¿Qué queremos? —Raven se inclinó al frente, con el oscuro cabello balanceándose, y Jez pudo ver sus dos ojos color negro azulado debajo—. Ustedes tres han saltado desde la azotea justo cuando el fuego se ha descontrolado. Lo apagamos y bajamos para ver si seguían vivos... y resulta que los encontramos aferrados el uno al otro y totalmente fuera de este mundo. ¿Y me preguntas que qué es lo que queremos? Queremos saber si están bien.

—Estamos perfectamente —dijo Morgead.

No dijo nada más, y Jez comprendió. Ninguno de los dos tenía el menor deseo de hablar sobre ello delante de otras personas; eso podía esperar hasta que estuvieran a solas, hasta que fuera el momento correcto.

No necesitaban manifestárselo el uno al otro. Jez sencillamente lo sabía, y sabía que él lo sabía.

—¿Qué hay de ella? —Thistle señaló a Iona, todavía dormida sobre la acera.

Jez se movía ya hacia la pequeña. Comprobó el pequeño cuerpo de arriba abajo, reparó en la respiración regular y la expresión de serenidad.

—Está perfectamente, también —dijo, echándose hacia

atrás, y le sostuvo la mirada a Thistle—. Aunque no gracias a ti.

Las mejillas de Thistle estaban sonrosadas. Parecía enojada, avergonzada y a la defensiva.

—No es más que una humana.

—¡Es una niña! —gritó Morgead, poniéndose en pie de golpe y alzándose imponente por encima de Thistle, quien de improviso pareció muy pequeña—. Lo que tú no eres —prosiguió él sin contemplaciones—. Tú eres simplemente una aspirante a Shirley Temple de dieciséis años.

—¡Ya paren, los dos! —se interpuso Jez en tono cortante, y esperó hasta que callaron y la miraron antes de continuar—: Tú... cállate y deja que me ocupe de las cosas —dijo a Morgead—. Y tú... si alguna vez vuelves a intentar hacerle daño a un niño, te arrancaré la cabeza de un puñetazo.

Esto se lo dijo a Thistle, que abrió la boca, pero luego volvió a cerrarla sin decir ni una palabra.

—De acuerdo, no se hable más —indicó Jez, asintiendo—. Ahora hemos de llevar a esta niña a su casa.

Val se la quedó mirando fijamente.

—¿A su casa?

—Sí, Val. —Jez tomó a la niña en brazos—. Por si acaso se te ha pasado algo por alto, ella no es el Poder Salvaje.

—Pero... —Val meneó los amplios hombros con gesto incómodo y miró a Morgead—. ¿Quieres decir que estabas equivocado?

—Existe una primera vez para todo, ¿de acuerdo? —Morgead le dirigió una mirada furiosa.

—Pero, entonces... ¿quién es el Poder Salvaje? —terció Raven en voz baja.

—¿Quién sabe?

Era la primera vez que Pierce intervenía, y su voz sonó queda y vagamente divertida.

146

Jez le dirigió una veloz mirada. Los cabellos rubios del muchacho centelleaban bajo la luz roja del crepúsculo, y los oscuros ojos eran burlones.

La verdad es que no creo que me gustes mucho, pensó la joven. Pero desde luego, el muchacho tenía razón.

—Si esta niña no lo es... bueno, imagino que podría haber sido cualquiera que estuviera en el lugar de los hechos —dijo lentamente—. Cualquiera lo bastante preocupado para querer salvarla. Uno de los bomberos, un vecino... cualquiera.

—Suponiendo que el fogonazo azul de la cinta realmente fuera indicio de un Poder Salvaje —dijo Pierce.

—Creo que lo fue. —Jez echó un vistazo a Morgead—. Lo cierto es que parecía fuego azul. Y sin lugar a dudas era alguna clase de Poder.

—Y la abuela Harman soñó que el Poder Salvaje estaba en San Francisco —añadió Morgead—. Todo encaja demasiado bien. —Miró a Jez con picardía—. Pero no podía haber sido cualquiera que estuviera en el lugar, ¿sabes?

—¿Por qué no?

—Debido a lo que dijiste sobre esa frase de la profecía. «Nacidos el año de la visión de la Doncella ciega.» Eso significa que tiene que haber nacido hace menos de dieciocho años. Antes de eso, Aradia no podía tener visiones porque no estaba viva.

Por la diosa, no doy una hoy, pensó Jez. *Debería haber pensado en eso.* Le dedicó un irónico cabeceo de acatamiento y él se lo devolvió con una sonrisa burlona. Sin malicia.

—Con todo, sigue sin ser demasiado en lo que basarnos —dijo Raven con su pragmático estilo de expresarse—. Pero ¿no creéis que deberíamos volver a entrar para discutirlo? Alguien acabará por pasar por aquí y nos verá con una criatura inconsciente.

—Buena idea —replicó Jez—. Pero yo no subo con ustedes. Voy a llevar a esta niña a su casa.

147

—Voy contigo —indicó Morgead, y Jez le dirigió una mirada; mostraba su expresión obstinada.

—De acuerdo, pero sólo nosotros. Dos motos ya van a llamar bastante la atención. —Volvió la cabeza hacia Raven—. Los demás pueden hacer lo que quieran esta noche; intenten descifrar quién es el Poder Salvaje o lo que sea. Volveremos a reunirnos mañana y veremos qué se nos ha ocurrido.

—¿Por qué esperar? —dijo Val—. Sólo está anocheciendo. Podríamos reunirnos esta noche...

—Estoy cansada —interrumpió Jez—. Es suficiente por hoy.

Y Dios sabe cómo voy a explicarle a tía Nan el haber desaparecido durante tanto tiempo, pensó fatigadamente. *Por no mencionar el haber faltado a clase.*

Pierce la observaba con una expresión curiosa.

—De modo que tendrás que informar a Hunter de que fracasamos —dijo, y había un tono indagatorio en la voz que no gustó a Jez.

—Sí, le diré que fallaron —dijo con pesadumbre—. Pero que todavía tenemos algunas opciones. A menos que prefieran que me limite a decirle que son todos unos idiotas y que no vale la pena darles una segunda oportunidad. —Siguió con la vista fija en Pierce hasta que éste desvió la mirada.

Cuando se volteó hacia Morgead, éste tenía el ceño fruncido, pero no dijo nada y empezó a andar en silencio hacia donde tenían las motos.

No pudieron hablar mientras conducían, pero, de todos modos, Jez estaba demasiado absorta en sus propios pensamientos.

Por fin era libre de considerar aquellos últimos minutos con Morgead.

Había sido... increíble. Electrizante. Pero también instructivo.

Ahora sabía lo que les había sucedido, lo que estaba sucediendo. Él había estado en lo cierto; era el principio del alma gemela.

Así que somos almas gemelas. Morgead y yo. Después de todo lo que hemos peleado y nos hemos desafiado el uno al otro y todo lo demás. Es tan extraño, pero en cierto modo también tiene sentido...

Y es realmente una lástima que incluso si ambos sobrevivimos a la siguiente semana más o menos, jamás vamos a volver a vernos.

El pensamiento surgió de alguna zona profunda de su ser que era totalmente despiadada y práctica y que lo contemplaba todo bajo la fría luz de la verdad.

Porque por desgracia el universo había elegido a la persona equivocada para que fuera el alma gemela de Jez; había elegido a alguien que la odiaría y la querría matar una vez comprendiera lo que ella era en realidad.

Un error terrible, universo, pensó Jez, reprimiendo una carcajada. Reparó, vagamente, en que estaba al borde de un ataque de histeria.

Había sido un día tan largo, y estaba tan cansada, y tan lastimada, y había fracasado en su misión, y ahora Morgead estaba enamorado de ella, pero sencillamente no había ninguna esperanza; así que no era nada extraño que ella estuviera aturdida y convertida en una ruina emocional, y tenía suerte de poder permanecer trepada en la moto.

Realmente no existía esperanza. Incluso en aquel último encuentro, incluso cuando Morgead le había estado revelando su alma, Jez había conseguido mantener sus propios secretos enterrados. Él no lo sabía, no tenía ni idea de que la chica de la que estaba enamorado era chusma, que trabajaba para el Círculo del Amanecer y que le estaba mintiendo para robarle el Poder Salvaje debajo de las narices y poner fin a las esperanzas de los vampiros de conseguir un mundo sin humanos.

Él era ambicioso, ella siempre lo había sabido. Todo cuanto le había importado siempre era ascender más y más y obtener más poder, y ella le había prometido un puesto en el nuevo orden... a la vez que al mismo tiempo trabajaba tan duro como podía para asegurarse de que el nuevo orden no llegara nunca.

Morgead jamás le perdonaría aquel engaño. Jamás sería capaz siquiera de comprender por qué lo había hecho ella.

De modo que tienes que olvidarte de él, le dijo en voz baja la parte fría y práctica de su mente. Y no hubo nada en el interior de Jez que intentara discutirlo.

Había oscurecido cuando llegaron al barrio de Marina. Al acercarse al complejo de viviendas subvencionadas, Jez vio luces intermitentes al frente.

Luces de coches de policía. Bueno, eso no era inesperado, pues la madre de Iona les habría avisado ya a aquellas horas. Jez sólo esperaba que la mujer no estuviera demasiado preocupada...

¡Idiota!, le dijo la mente en tono sarcástico. *¿Cómo de preocupada esperas que esté, cuando está empezando a oscurecer y su hija de ocho años no aparece?*

Se metió en una callejuela y Morgead la siguió.

—Tendremos que dejarla sin detenernos —dijo la joven por encima del tamborileo de los motores—. Dejarla junto a los coches de policía y luego salir pitando de ahí. Probablemente nos perseguirán. ¿Quieres hacerlo?

Él asintió.

—Deberíamos escapar en direcciones distintas. Eso dificultará que nos agarren.

—De acuerdo. Vete a casa cuando los hayas despistado. Yo haré lo mismo.

No podía verle las facciones con claridad en la oscuridad del callejón, pero sabía que él la miraba.

—¿Tú harás lo mismo? ¿Ir a casa? —preguntó Morgead.

—Quiero decir que iré al lugar donde me alojo.

Esperó que le preguntara sobre ello, que intentara averiguar dónde era, qué hacía ella. Pero no fue así. En lugar de eso dijo:

—¿Tienes que hacerlo?

Lo miró con un pestañeo, sobresaltada. Luego frunció el ceño.

—Sí, tengo que hacerlo. Quiero hacerlo. Estoy cansada, Morgead, y de todos modos no estoy preparada para pasar la noche con un chico.

—No me refería a eso...

Jez agitó una mano.

—Lo sé. Lo siento. Pero sigo estando cansada, y...

Y tengo otras responsabilidades que tú no entenderás. Y si me quedo cerca de ti durante más tiempo, así de cansada, temo que vas a descubrir qué son.

—Y tú todavía estás furiosa —dijo él desolado.

—No estoy furiosa...

—O indignada o lo que sea.

¿De qué estaba hablando?

—Tan sólo estoy cansada —replicó ella con firmeza—. Ahora dejemos a la niña, nos vemos mañana.

—Yo... —Soltó un resoplido—. De acuerdo.

Jez no malgastó más tiempo. Abrió el cierre de la chamarra, que había estado sujetando a Iona con firmeza contra ella, y luego dio gas y penetró en la calle.

Una manzana, dos manzanas. Y estaba ya justo al lado de la zona de juegos oscura y desierta, y a continuación estaba ya casi a la altura de los coches de policía. Había varios agentes por allí de pie, conversando, y algunos transeúntes que tal vez fueran vecinos.

Jez eligió a una de las vecinas.

Fue directo hacia la mujer, que estaba en el borde exterior

de la acera. Llegó hasta ella a toda velocidad, luego frenó en seco.

—¡Eh! —la llamó—. Tome.

La mujer se volteó y se quedó boquiabierta. Jez no vaciló, se limitó a dejar a Iona entre sus brazos. La mujer agarró el peso de la niña automáticamente.

—Entréguesela a su madre, ¿de acuerdo?

Y a continuación Jez se marchó en medio de un gran estruendo. Pudo oír a Morgead detrás de ella, y gritos procedentes del complejo de viviendas. Luego una sirena de policía.

Echó un vistazo atrás. Morgead se adentraba en aquel momento por una calle lateral. La saludó con la mano una vez, y luego aceleró.

Jez podía oír más sirenas ya. Dio gas a fondo y se dirigió hacia el Puente de la Bahía.

Al menos una persecución era algo con lo que podía disfrutar.

Cuando por fin se quitó de encima a los coches de policía que la seguían, giró en dirección a Clayton. Habría estado preocupada por lo que sus tíos iban a decirle si no hubiera estado ya demasiado preocupada por Iona.

Estará bien, se dijo. *No debería recordar nada, y su madre cuidará de ella.*

Pero Jez no podía evitar sentirse culpable... y francamente triste. Existía alguna especie de vínculo entre la niña y ella; se sentía... responsable de ella, y no tan sólo porque la había raptado y aterrorizado.

Nadie tendría que crecer en un sitio como ése. Puede que yo corriera por las calles cuando era pequeña, pero al menos tenía a tío Bracken y un hogar agradable al que ir si quería. Iona... ni siquiera tiene una zona de columpios segura.

Debería hacer algo por ella, pero ¿qué puedo hacer que importe?

No sé; quizá podría visitarla alguna vez. A lo mejor le puedo comprar una planta...

No existían respuestas sencillas, y se acercaba a una pulcra casa de tablas amarillas.

Su hogar.

Es hora, se dijo Jez, *de correr con las consecuencias. Con tío Jim y tía Nan y la desagradable Claire*. Sólo esperaba que dejaran suficiente de ella con vida para que pudiera telefonear a Hugh después.

Metió la moto en el garaje, bajó de ella y entró.

—... en sí esto ya es bastante malo. Pero hacerlo el día después de hacernos una promesa; bueno, ¿qué hemos de pensar? ¿Cómo quieres que confiemos en ti otra vez?

Jez estaba sentada en el sofá de flores azules de la sala de estar. Aquel cuarto en casa de los Goddard no se utilizaba demasiado, únicamente para ocasiones muy formales.

Ésa era una de ellas. Había un consejo de guerra.

Y lo cierto era que no había nada que Jez pudiera decir a los humanos con los que vivía; ciertamente no podía darles ninguna excusa que fuera a tener sentido.

—Primero, dejar tirada a Claire a pesar de que nos juraste que dejarías que te llevara a la escuela en el coche. —Tía Nan iba marcando los puntos con los dedos—. Segundo, saltarte la escuela después de que nos juraste que no te volverías a ir de pinta. Tercero, irte a algún lugar sobre el que no quieres hablarnos. Cuarto, no llamar siquiera para notificarnos que seguías con vida. Quinto, llegar a casa casi a las diez de la noche...

Tío Jim se aclaró la garganta.

—Nan, creo que ya hemos mencionado esto.

Un par de veces, pensó Jez. *¡Ah!, bueno, al menos Claire está*

153

disfrutando con ello. Su prima estaba de pie en la entrada de la sala de estar, escuchando sin tapujos. Cada vez que por casualidad atraía la mirada de Jez sonreía radiante, el menudo rostro refulgía incluso con petulante satisfacción...

Tía Nan sacudía negativamente la cabeza en aquel momento.

—Sólo quiero asegurarme de que ella lo comprende, Jim. Pensaba que ya lo había comprendido anoche, pero es evidente que... —Alzó las manos al techo.

—Bueno, la cuestión es que...

Tío Jim volvió a aclararse la garganta y miró a Jez. Parecía incómodo; no era demasiado bueno en lo de imponer disciplina, pero Jez pudo advertir que había llegado al límite.

—La cuestión es que no podemos limitarnos a seguir gritándote. Tenemos que hacer algo, Jez. Así que hemos decidido encerrar bajo llave tu moto. Ya no puedes seguir conduciéndola, no hasta que aprendas a ser más responsable.

Jez se quedó allí sentada, estupefacta.

Su moto no. No podían quitarle la moto.

¿Cómo iría a ninguna parte?

Tenía que disponer de movilidad. Tenía que reunirse con Morgead al día siguiente... Tenía que reunirse con Hugh en algún momento. Tenía que ser capaz de localizar al Poder Salvaje. Y no podía hacer nada de eso sin transporte.

Pero podía ver por el rostro de tío Jim que estaba hablando en serio. Finalmente había decidido dar una prueba de autoridad, y a Jez le había tocado recibir todo su peso.

Lanzó un soplido. Parte de ella quería gritar y despotricar y protestar por aquello, perder el control y armar un gran y ruidoso alboroto.

Pero no serviría de nada. Además, había conseguido no perder los estribos durante casi un año con aquellas personas, vivir su doble vida como estudiante y cazadora de vampiros y hacer que todo funcionara. Echarlo a perder ahora sería una estupidez.

Y a otra parte de ella le asustaba el estar siquiera a punto de perder el control. Eso era lo que un día con Morgead le provocaba: se abría paso a través de toda su cuidadosa disciplina y volvía a convertirla en una bárbara enloquecida.

Morgead... No podía pensar en él en aquel momento.

—De acuerdo, tío Jim —dijo en voz alta—. Lo comprendo. Haz lo que tengas que hacer.

—Cuando puedas demostrarnos que estás aprendiendo a ser responsable, entonces recuperarás la moto. Tienes que aprender a tomarte la vida más en serio, Jez.

Aquello le arrancó un cansado bufido, y se encontró riendo antes de darse cuenta de lo que hacía; sus tíos la miraron escandalizados y disgustados.

—Lo siento —dijo—. Me esforzaré más.

Y tendré que usar el transporte público mañana, pensó cuando finalizó el sermón y pudo irse a su cuarto. *Aunque eso lo hará todo muchísimo más peligroso. Podrían darme caza tan fácilmente...*

—Te has metido con la persona equivocada, ¿sabes? —dijo Claire cuando Jez alcanzó la puerta—. No deberías haberme dejado plantada de ese modo. No deberías enfurecerme.

—Ya, Claire; bueno, ahora ya lo sé. Estoy aterrada.

—Sigues sin tomarte esto en serio, ¿verdad?

—Claire... —Jez se revolvió contra la menuda muchacha; luego se detuvo en seco—. No tengo tiempo para esto —masculló—. Tengo que hacer una llamada. Tú sigue adelante y ve a hostigar a otro.

Cerró la puerta en las narices de Claire.

Lo que, comprendió más tarde, fue un error. En aquel momento, no obstante, estaba demasiado cansada para pensar en ello.

Estaba demasiado cansada para pensar como era debido.

Cansada y angustiada, con la sensación de que todo se le venía encima y sucedía con demasiada rapidez.

Y por lo tanto cuando levantó el auricular del teléfono para marcar el número de Hugh apenas advirtió el pequeño chasquido de la línea, y no se detuvo ni por un momento a considerar qué significaba.

14

—¿Tuviste problemas para escabullirte? —preguntó Hugh.

Era la mañana siguiente, un día muy diferente al anterior. El cielo estaba encapotado y el aire resultaba pesado. Todas las personas junto a las que Jez había pasado en la estación Concord del metro parecían un poco deprimidas.

—Bueno, un poco —respondió, y se sentó junto a Hugh en el andén.

Estaban en el extremo más alejado de la estación, más allá de la zona cubierta con bancos, al lado de una caseta de seguridad de hormigón. Era un lugar de encuentro seguro y privado ya que la estación estaba casi desierta tras la partida de todos los que pasaban por allí por la mañana para viajar a sus lugares de trabajo.

—Han inmovilizado mi moto con una cadena enorme. Claire me llevó en coche a la escuela; me ha estado vigilando igual que una mujer lobo custodia su cena. Y tía Nan llamó al colegio para asegurarse de que no me largaba.

Hugh se removió preocupado. Sopló un hálito apenas perceptible de viento cálido que agitó sus rubios cabellos.

—¿Y qué has hecho para venir?

Jez sonrió burlona.

—Me he largado. —Se encogió de hombros y añadió—. He conseguido que un chico de mi clase de mecánica me trajera en coche hasta aquí. No ha sido difícil.

Él le sonrió tristemente, con los ojos grises distantes.

—Pero lo descubrirán, Jez. Cuánto lamento de verdad haberte arruinado la vida.

Ella volvió a encogerse de hombros.

—Si no lo consigo, la vida de todo el mundo va a quedar completamente arruinada. La de todos los humanos.

—Lo sé. —Se estremeció levemente; luego dobló las piernas hacia arriba, las rodeó con los brazos, y la miró con la barbilla apoyada en las rodillas—. Así pues, ¿qué descubriste?

—Que la niña que Morgead creía que era el Poder Salvaje no lo es.

Está tan guapo así, pensó Jez sin poderlo evitar. *Tan... compacto. Morgead jamás se sentaría así.*

Hugh hizo una mueca.

—Estupendo. ¿Estás segura?

—Sí. Era una niña pequeña, de ocho años, y era algo especial... pero no eso. Era...

Jez intentó pensar en un modo de describirlo. Hugh la contempló con ojos que eran nítidos e insondables, tristes, irónicos y tiernos todo a la vez. Y de improviso Jez lo comprendió y lanzó una exclamación ahogada.

—Por la diosa... ¡ahora caigo! Era como tú. Esa niña es una Alma Vieja.

Las cejas de Hugh se enarcaron.

—¿Eso crees?

—Estoy segura de ello. Tenía ese mismo modo de mirarte como si hubiera visto toda la historia del mundo y supiera que eres simplemente una pequeña parte... Esa... mirada de «visión global». Como si se hallara más allá de las estúpidas insignificancias humanas.

—Pero no un Poder Salvaje —dijo Hugh en voz baja, y pareció entre desalentado y aliviado—. O sea que contactar con Morgead no ha servido de nada.

—En realidad, sí. Porque posee pruebas del Poder Salvaje en una cinta de video. —Jez le habló de la película, del incendio y del fogonazo azul—. Así que probablemente se trata de alguien que está cerca de esa niña. Tanto él como yo conocemos esa zona, así que puede que consigamos descubrir de quién se trata.

Hugh se mordisqueó el labio. Luego la miró directamente.

—Suena peligroso. ¿Exactamente cómo se está tomando Morgead esto... de que hayas regresado y todo lo demás?

Jez clavó la mirada al otro lado de las vías. Parecían vías de tren corrientes, a excepción de la grande que lucía un rótulo en el que se leía: PELIGRO, TERCERA VÍA ELÉCTRICA. Les llegó un sonido parecido a un trueno lejano, y a continuación apareció un tren zumbando a toda velocidad como un elegante dragón blanco futurista; paró y subieron y bajaron unas pocas personas a lo lejos. Jez esperó hasta que volvió a marcharse antes de responder.

—No... no se mostró muy contento al principio. Pero luego digamos que se acostumbró. No creo que vaya a causar ningún problema... a menos que lo descubra, ya sabes.

No estaba segura de qué más decir. No quería hablarle a Hugh sobre Morgead; y por nada del mundo quería explicarle lo que había sucedido. Y mucho menos cuando ella misma estaba tan confusa al respecto.

—¿Todavía piensas que te odiaría si descubriera que eres medio humana? —La voz de Hugh sonó sosegada.

Jez lanzó una seca carcajada.

—Créeme. Lo haría.

Hubo un silencio, mientras Hugh la miraba. De improviso Jez se encontró con que su mente le planteaba una pregunta curiosa: si tuviera que elegir entre Hugh y Morgead, ¿con cuál de ellos se quedaría?

Desde luego, era una pregunta totalmente ridícula. No podía tener a ninguno de los dos. Hugh era una Alma Vieja, y estaba fuera de su alcance; por no mencionar que únicamente la consideraba una amiga. Y Morgead podría ser su alma gemela, pero la asesinaría si descubría la verdad alguna vez.

Pero con todo, si realmente tenía que elegir... ¿Hugh o Morgead?

Un día antes habría contestado Hugh sin la menor duda. Qué extraño que ahora resultara justo lo contrario.

Porque, imposible como era, por letal que resultara, era de Morgead de quien estaba enamorada. Y acababa de comprenderlo justo en ese mismo instante.

Qué lástima que no existiera esperanza en el mundo para ellos.

Jez se encontró soltando otra risa corta... y entonces reparó en que Hugh seguía mirándola; sintió cómo le enrojecían las mejillas.

—Volvías a estar a kilómetros de distancia.

—Simplemente estoy atontada. Supongo que no he dormido lo suficiente.

Además de toda la diversión del día anterior. Seguía dolorida por la pelea de bastones y la caída con Iona. Pero eso no era problema de Hugh.

Tomó aire, buscando a tientas otro tema.

—¿Sabes?, hay algo que quería preguntarte. Morgead me dijo que el Consejo había desenterrado otra profecía... sobre de dónde procede cada uno de los Poderes Salvajes. ¿La has oído? —Cuando él negó con la cabeza, ella citó:

«Uno de la tierra de reyes largo tiempo olvidados;
uno del hogar que todavía mantiene la chispa;
uno del Mundo Diurno donde dos ojos vigilan;
uno del crepúsculo para ser uno con la oscuridad».

—Interesante. —Los ojos grises de Hugh se habían ilumina-do—. «Uno del hogar...» eso tiene que hacer referencia a las brujas Harman. En otros tiempos se las conocía por el sobre-nombre de «Mujeres del Hogar».

—Ya; pero la frase sobre uno procedente del Mundo Diur-no... se refiere a un humano, ¿verdad?

—Al menos lo parece.

—Es lo que Morgead pensó; por eso creía que la pequeña podría ser un Poder Salvaje incluso a pesar de ser humana. Pero lo que no consigo descifrar es qué se quiere indicar con «dos ojos vigilan».

—Hum... —Hugh dirigió la mirada a lo lejos, como si le gustara el desafío—. Lo único que se me ocurre que combina la idea de «día» y «ojos» es un poema. Dice algo así como «La noche tiene mil ojos y el día sólo uno». El único ojo se refiere al sol, ya sabes, y los mil ojos, a las estrellas durante la noche.

—Uf. ¿Y qué pasa con la luna?

Hugh sonrió burlón.

—No lo sé. A lo mejor el autor no era bueno en astronomía.

—Bueno; eso no ayuda mucho. Pensé que podría ser una pista. Pero lo cierto es que ni siquiera sabemos si es al Poder Salvaje humano al que perseguimos.

Hugh volvió a apoyar la barbilla sobre las rodillas.

—Cierto. Pero informaré al Círculo del Amanecer sobre la profecía. A la larga, tal vez nos sea de ayuda. —Permaneció en silencio un momento; luego añadió—: ¿Sabes?, también ellos desenterraron algo interesante. Al parecer la tribu hopi pronos-ticó el fin del mundo con mucha exactitud.

—¿Los hopi?

—Debería decir, los fines de los mundos. Sabían que había sucedido antes de su época, y que volvería a suceder. Su leyenda dice que el primer mundo lo destruyó el fuego. El segundo mundo lo destruyó el hielo. El tercer mundo acabó debido al agua; un diluvio universal. Y el cuarto mundo..., bueno, ése es el nuestro. Y se supone que finalizará en sangre y tinieblas... y finalizará pronto.

—¿El primer mundo...? —murmuró Jez.

—¿No recuerdas tu historia sobre el Night World? —Le dedicó un chasquido con la lengua, acompañado de una sonrisa—. La primera civilización fue la de los cambiantes. En aquel remoto pasado a los humanos les asustaba salir de sus cuevas; los cambiantes gobernaban y los humanos los consideraban dioses. Espíritus animales, tótems. Era el Mundo de los Cambiantes, y duró unos diez mil años, hasta que un puñado de volcanes entraron en actividad de improviso...

—Fuego.

—Sí. El clima cambió, la gente emigró, y los cambiantes perdieron el control. Tras eso puede decirse que llegó el Mundo de las Brujas. A las brujas les fue mejor que a nadie durante diez mil años, pero entonces hubo un período glaciar...

—Y las Guerras de la Noche —dijo Jez, recordando—. En que los vampiros pelearon contra las brujas.

—Exacto. Y después de eso, los vampiros tomaron el control; así comenzó el Mundo de los Vampiros. Que duró aproximadamente otros diez mil años, hasta la inundación. Y fue tras la inundación cuando la civilización humana empezó realmente. Dio comienzo al Mundo de los Humanos, y así ha sido durante mucho tiempo. Los miembros del Night World se han limitado a seguir allí, rondando por los aledaños, ocultándose. Pero... —hizo una pausa e irguió el cuerpo—, eso empezó aproximadamente en el ocho mil antes de Cristo.

—¡Oh!

—Sí. El milenio marca el fin de nuestros diez mil años. —Le dedicó su tierna y medio burlona sonrisa—. Nosotros, los humanos, estamos a punto de perder nuestro usufructo. Algo va a suceder que traerá sangre y tinieblas y luego habrá un mundo totalmente nuevo.

—Únicamente si no lo detenemos —dijo Jez—. Y lo haremos... porque tenemos que hacerlo.

La sonrisa de Hugh cambió, dulcificándose.

—Creo que tenemos suerte de contar con personas como tú intentándolo. —Luego perdió por completo la sonrisa y pareció indeciso—. Jez... ya sabes, las Almas Viejas en realidad no estamos más allá de las «estúpidas insignificancias humanas». Somos tan humanos como cualquiera. Y nosotros... quiero decir, y yo...

A Jez el corazón le latía a una velocidad inquietante. El modo en que él la miraba... Jamás había visto a Hugh mirar así a nada ni a nadie.

Sonó otro retumbo a lo lejos, y luego un nuevo tren entró a toda velocidad.

Hugh pestañeó, echó un vistazo arriba a la pantalla del reloj digital situada sobre el andén y luego comprobó su reloj. Lanzó una imprecación.

—Tendría que estar en otro sitio. Se me hace tarde.

El corazón de Jez dio un extraño vuelco. Pero no fue de decepción, sino, curiosamente, más bien de alivio.

—También yo —repuso ella—. Debo encontrarme con Morgead antes de que los demás salgan de clase. Debería tomar el siguiente tren a San Francisco.

Él todavía vacilaba.

—Jez...

—Vete —dijo ella, poniéndose en pie—. Te llamaré si descubro algo. Deséame suerte.

—Ten cuidado —repuso él en su lugar, y a continuación se marchó a toda prisa.

Jez lo observó partir. No pudo evitar preguntarse qué habría estado a punto de decir.

Luego se volvió para regresar a la parte central de la estación. Había rodeado la mitad de la garita de hormigón cuando oyó un ruido en el otro lado.

Un ruido de alguien que se movía furtivamente. No como lo haría un guarda de seguridad.

No vaciló. Con soltura, sin hacer el menor ruido, cambió de dirección, dándose la vuelta y rodeando la construcción por el otro lado para colocarse detrás de quienquiera que fuera. En cuanto tuvo una visión clara de la espalda del intruso, saltó.

Aterrizó encima de su presa, con una llave de control sobre su muñeca; aunque sabía ya que aquélla no iba a ser una pelea a muerte.

—¡Jez... ay... soy yo! —farfulló Claire.

—Ya sé que eres tú, Claire.

—¡Suéltame el brazo!

—Me parece que no, Claire. ¿Has tenido una mañana interesante? ¿Has oído algunos chistes buenos?

—¡Jez!

Claire forcejeó, lastimándose, luego se enfureció y se lastimó más intentando pegar a su prima. Jez le permitió sentarse en el suelo, sin dejar de sujetarla.

El rostro de Claire estaba colorado y enfurecido, con el oscuro cabello pegándose en mechones a las mejillas. Sus ojos echaban chispas.

—De acuerdo, lamento haber escuchado a escondidas. Te seguí cuando Greg Ludlum te trajo aquí. Quería saber qué hacías. ¡No sabía que estabas totalmente loca de atar!

—Vaya, es una lástima que no lo dedujeras antes. Porque por desgracia tengo que matarte ahora para impedir que hables.

Los ojos de Claire se abrieron de par en par y la muchacha se quedó sin respiración. Jez advirtió de repente que, bajo todas las chispas y los gritos, su prima estaba aterrada.

Soltó el brazo de Claire y ésta se desplomó lejos de ella, frotándoselo.

—Estás... estás loca, ¿verdad? —Claire la miró de soslayo, por entre mechones de pelo que se le adherían al rostro—. Quiero decir, todo eso sobre que el mundo se acaba... es alguna especie de juego estrafalario al que juegas con esos amigos raros que tienes, ¿verdad? Alguna especie de Calabozos y Dragones...

—¿Tú qué crees, Claire?

Jez se levantó y ofreció a su prima una mano, preocupada porque alguien pudiera advertir la presencia de ambas. Mantuvo esa mano sobre Claire mientras la conducía de vuelta detrás de la caseta.

La verdad era que la situación no resultaba divertida. Claire realmente tenía problemas... porque Jez tenía problemas.

Toda su tapadera se había echado a perder. Todo por lo que había trabajado durante el año anterior; Claire podía destruirlo todo. Su prima sabía ahora demasiadas cosas, y la odiaba lo suficiente para utilizarlas.

—Creo... No sé qué pensar. —Claire tragó saliva—. ¿Quién era ese chico?

—Uno de mis amigos raros. ¿De acuerdo?

—No parecía tan raro. Cuando decía algo... no sé. Sonaba... —La voz de la joven se apagó, pero finalmente regresó, casi inaudible—. Tan real.

—Estupendo.

Voy a tener que matarla. ¿Qué otra cosa puedo hacer?

—No es un juego, ¿verdad? —preguntó Claire, mirándola.

Toda la ira había desaparecido de los oscuros ojos ahora, y éstos aparecían simplemente perplejos y asustados.

Entonces Claire sacudió la cabeza.

—Pero, quiero decir, es imposible. Vampiros y cambiantes y brujas; todo es sólo... —La voz volvió a apagarse.

Jez se limitaba a mirarla, con ojos que podrían ser menos plateados que hacía un año, pero que sabía que todavía resultaban terriblemente extraños. Y tras unos instantes la mirada de Claire perdió su concentración y todo su cuerpo pareció caer sobre sí mismo, como si hubiera perdido algo vital. *La inocencia tal vez*, pensó Jez, sombría.

—¡Oh, Dios mío, sí que es cierto! —musitó Claire—. Quiero decir, es realmente cierto. Es por eso por lo que siempre estás fuera, ¿verdad? Sales... a hacer algo.

—Sí —dijo Jez.

Claire se dejó caer contra la caseta.

—¡Oh, Dios! Yo... Dios. Me siento tan rara. Es como... nada es como yo pensaba.

Sí, conozco la sensación, pensó Jez. *Cuando todo el mundo gira a tu alrededor y tienes que adaptarte en dos segundos justos. También me sucedió a mí, hace un año.*

Pero nada de eso iba a ayudar a Claire. Todo lo que pudo decir fue «lo siento».

Claire no pareció oírla; hablaba en una voz que era sólo un suspiro.

—Ése es el motivo, entonces... Ése es el porqué de toda aquella historia tan rara con tu padre. De que nadie supiera nada sobre su familia y todo eso. Supe desde el principio que había algo en ti; simplemente no podía decir qué era.

Vaya, fantástico, pensó Jez. *Ahí va.* Intentó mantener el rostro impasible mientras Claire la miraba directamente a la cara, alzando los ojos con una expresión que estaba en algún punto entre el asombro y el pavor.

—Ese chico... ha dicho que eras sólo medio humana. Eso significa que eres medio... ¿alguna otra cosa?

166

—Soy medio humana y medio vampira —respondió Jez con calma.

Lo sorprendente fue que le resultara tan fácil decirlo. Sólo había dicho aquellas palabras en voz alta a una única persona antes: Hugh.

Ahora miró para ver si Claire se desmayaba de verdad o simplemente caía al suelo.

Claire no hizo ninguna de las dos cosas; se limitó a cerrar los ojos.

—¿Sabes lo que es de locos? Te creo. —Abrió los ojos otra vez—. Pero... no sabía que uno podía serlo. Mitad y mitad.

—Tampoco lo sabía nadie, hasta que yo nací. Soy la única.

Jez examinó a su prima y comprendió que realmente no iba a desmayarse. Cuando volvió a hablar su voz surgió más desafiante de lo que era su intención.

—Ahora que lo sabes, Claire, ¿qué vas a hacer al respecto?

—¿Qué quieres decir con qué voy a hacer? —Claire echó un veloz vistazo a su alrededor, luego bajó la voz a la vez que sus ojos centelleaban llenos de interés —. Oye... ¿tienes que, como si dijéramos, beber sangre y todo eso?

—Ya no —respondió Jez en tono seco.

¿Qué era aquello? ¿Quién habría pensado que la estudiosa y mojigata Claire sintiera tal interés por los vampiros?

—¿Quieres decir que antes lo hacías?

—Hasta que vine a vivir con ustedes. Pensaba que era una vampira completa entonces. Pero descubrí que podía vivir sin ella, siempre y cuando no usara mis poderes.

—¿Tienes poderes? ¿De verdad? ¿De qué clase?

—De ninguna clase. Oye, basta de preguntas. Te lo he dicho, ya no soy una vampira.

—Y no eres malvada. —Claire lo dijo tajante.

Jez la miró, sobresaltada.

—¿Qué te hace decir eso?

—Oí sobre lo que hablaban, lo de salvar el mundo y todo eso. No he comprendido nada, pero sonaba como si estuvieras en el lado correcto. Y... —Claire vaciló, luego se encogió de hombros—. Y te conozco, ¿de acuerdo? Quiero decir que eres arrogante y necia y jamás explicas nada, pero no eres malvada. O al menos no lo eres... por dentro. Puedo verlo.

Jez rio. Fue una risa auténtica. No pudo evitarlo.

Vaya sorpresa que se había llevado con Claire. Había juzgado mal a aquella muchacha que tenía su misma edad pero no tenía nada en común con ella. Su prima poseía una sagacidad inesperada.

—Bueno, gracias —dijo—. Intento no ser demasiado malvada... estos días. —Luego se serenó—. Oye, Claire, si realmente piensas eso, y si realmente crees que lo que has oído es cierto...

—¿Sobre el fin del mundo? No lo creo. Quiero decir, lo he oído, y creo que ustedes lo creen... y cuando lo oí por primera vez digamos que lo creí, pero...

—Limítate a saltarte el resto y créetelo en serio, Claire. Resulta que es la pura verdad. Y estoy intentando hacer algo al respecto.

—Algo sobre un Poder Salvaje, ¿cierto? —Claire ya no tenía el cuerpo hundido, y parecía casi emocionada—. Pero ¿qué es un...?

—No necesitas saberlo. La cuestión es que, si quieres, puedes ayudarme.

—¿Puedo? ¿De verdad?

—Puedes ayudarme regresando a la escuela y olvidando que esto sucedió. Puedes ayudarme guardando mi secreto y no diciendo jamás ni una palabra sobre esto a nadie. Y, dicho sea de paso, con ello mantendrás a salvo a tu familia al mismo tiempo.

Claire se volteó y masculló.

—Lo que estás haciendo es bastante peligroso.

No era una pregunta.

—Muy peligroso. —Jez retrocedió—. Y ya llego tarde. ¿Tenemos un trato, entonces? ¿Me ayudarás? ¿Puedo confiar en ti?

—O de lo contrario me matarás, ¿no? —Claire la miró con sarcasmo.

Jez puso los ojos en blanco.

—No me tientes. En serio, ¿vas a ayudarme?

—No.

Jez se quedó petrificada, y bajó la mirada hacia la muchacha, a la que superaba en altura.

—¿Qué?

—Jez... no te enfurezcas conmigo, pero no creo que pueda. No de ese modo. —Claire volvía a mirar arriba con firmeza, el pequeño rostro serio y sorprendentemente decidido—. Quiero decir, ¿cómo puedo simplemente irme tras oír todo eso? Si todo lo que han hablado es cierto, ¿cómo puedo olvidar?

—Puedes porque tienes que hacerlo. Todos hacemos lo que tenemos que hacer.

Jez paseó la mirada por la estación. En cualquier momento llegaría otro tren, y no tenía tiempo para dedicarlo a convencer a una humana de que se alejara de asuntos que la matarían. Para explicárselo adecuadamente a Claire harían falta días.

Todo lo que podía hacer era pedir algo que jamás habría imaginado que Claire podría darle.

—Claire... no existe ningún modo de que pueda convencerte o hacer que hagas lo que quiero. Pero te pido... —Soltó aire y siguió diciendo—: Te pido que confíes en mí. Te pido que te vayas y al menos intentes olvidar esto. Y que creas que hago todo lo que puedo para hacer lo correcto.

Claire siguió mirándola fijamente por un momento. Luego, de improviso, sus oscuros ojos se llenaron de lágrimas, se apartaron, y la garganta de Claire se movió una vez mientras ésta tragaba saliva. Luego, lentamente, asintió.

—De acuerdo —musitó—. Quiero decir... de acuerdo por

ahora. Quiero decir que supongo que puedo hablar contigo más tarde sobre ello.

Jez soltó el aliento que había contenido.

—Pues claro.

Claire permaneció allí parada durante otro segundo, luego irguió los hombros y se volteó. Pero con la misma brusquedad se volvió a voltear, con semblante tenso y casi explosivo.

—Hay algo que tengo que decirte.

Jez echó un vistazo a las vías. No venía ningún tren.

—De acuerdo.

—Es... es... que lo siento. Siento haberte sacado de quicio e intentado conseguir que mamá se enfureciera contigo. Tan sólo estaba... celosa porque ellos te dejaban salirte con la tuya en todo, y... —Sacudió la cabeza con ferocidad y siguió hablando, encogiéndose de hombros con semblante sombrío como si odiara admitirlo—. Y, sí, porque eres tan guapa y estás tan segura de ti misma... Me hacía sentir mal y quería hacerte daño. Ésos son mis motivos. En cualquier caso, ya está. Lo siento.

Empezó a alejarse, balanceándose un poco.

—Claire.

Claire se detuvo y se volvió.

Jez habló con cierta vacilación alrededor del nudo que sentía en la garganta.

—No pasa nada. Y gracias.

—Sí. —Claire le sonrió ampliamente y efectuó un leve encogimiento de hombros—. Nos vemos luego. —Dio media vuelta y empezó a andar otra vez.

Nos vemos, pensó Jez. Se sentía repentinamente cansada y raramente conmovida. Había demasiadas cosas en su interior: tristeza, alivio, preocupación y un sentimiento nuevo por Claire. Cruzó los brazos y paseó la mirada por la estación, intentando relajarse, tomando aire con profundas bocanadas regulares.

Y vio a dos seres lobo que iban directos hacia Claire.

15

Jez los reconoció al instante; no a los individuos, pero sí el tipo. Eran seres lobo, y eran matones. Matones contratados por alguien.

No tenía su bastón, pero no lo necesitaba. Pudo percibir cómo le aparecía una sonrisa peligrosa en los labios; en parte expectativa y en parte pura furia. Repentinamente ya no estaba cansada, no se sentía dolorida, no estaba otra cosa que en perfecta sintonía con su cuerpo y muriéndose por utilizarlo como arma.

Se lanzó como un relámpago rojo, adelantando a Claire con facilidad y derribando a la joven humana contra el suelo antes de aterrizar delante de los seres lobo. Un chico y una chica. Éstos se colocaron en posición frente a ella y adoptaron una posición de ataque.

Detrás de ella, oyó cómo Claire decía, «Ay».

—Buenos días y bienvenidos al Área de la Bahía —dijo Jez a los seres lobo; luego le asestó una veloz patada a la chica en el rostro.

La muchacha cayó hacia atrás. No quedó fuera de juego, pero aquello había desmantelado el ataque conjunto que habían estado a punto de efectuar. El chico lo sabía, pero era un hombre lobo, así que en lugar de esperar a que su compañera se recuperara, gruñó y se arrojó sobre Jez.

Por la diosa, esto es demasiado fácil. Mientras él le dirigía un puñetazo a la cara, Jez giró lateralmente y dejó que el puño pasara silbando a centímetros de ella. Luego ella lanzó el brazo izquierdo alrededor de la cadera izquierda de su adversario, sujetándolo en lo que era casi un abrazo. De gran precisión, no obstante. Al mismo tiempo disparó hacia arriba la mano izquierda contra la barbilla, golpeándolo con tanta fuerza que lo aturdió.

El muchacho se tambaleó en sus brazos, gruñendo. Pelos hirsutos brotaron del rostro.

—Felices sueños, Fido —dijo Jez.

Enganchó la pierna derecha alrededor de la izquierda del otro justo por debajo de la rodilla y lo derribó violentamente contra el andén. La cabeza golpeó el cemento y el atacante quedó inerte.

En algún lugar detrás de Jez, había empezado a sonar una especie de chillido débil. Era Claire. Jez hizo caso omiso de él, e ignoró también a las dos o tres personas que se marchaban apresuradamente hacia la escalera, evitando la escalera mecánica que descendían porque estaban justo al lado de Jez. La muchacha estaba concentrada en la mujer lobo, que volvía a estar en pie.

—Hazte un favor y no intentes nada —le dijo con una sonrisa burlona—. Estás por completo en inferioridad de condiciones.

La chica, que tenía el pelo color castaño rojizo y una expresión feroz, no respondió, se limitó a mostrar los dientes y se abalanzó sobre Jez, alargando ambas manos hacia el rostro de Jez.

Cualquiera pensaría que habrían aprendido, pensó Jez. *En especial después de lo que acaba de suceder.*

Al mismo tiempo que lo pensaba, su cuerpo efectuaba ya los movimientos adecuados. Agarró el brazo de la chica, que iba más adelantado, con ambas manos, luego se retorció, desequilibrando a su oponente, y la derribó con una llave, tirándola sobre el andén. En cuanto la muchacha quedó plana sobre el suelo Jez le inmovilizó el brazo que todavía sujetaba y empezó a hacer palanca contra la articulación del codo.

—No te muevas o te partiré el codo —dijo con afabilidad.

La muchacha se retorcía de dolor, escupiendo, forcejeando y haciéndose más daño.

Distraídamente, Jez advirtió que Claire había dejado de gritar. Echó un vistazo para asegurarse de que su prima estaba bien y vio que Claire estaba de pie, mirando boquiabierta. Jez le dedicó un gesto tranquilizador con la cabeza.

Luego volvió a mirar a la chica lobo. Ahora que la pelea había terminado disponía de tiempo para preguntarse qué estaba pasando. Había muchísima gente que podría querer matarla, pero no se le ocurría ninguna razón para que fueran por Claire. Y el objetivo era ella; de eso Jez estaba segura.

No era un ataque al azar; eran dos seres lobos atacando a un humano directamente en público, delante de testigos, como si no les importara quién los viera. Era algo planeado, algo importante.

Retorció un poco el brazo de la chica, y ésta gruñó salvajemente, mirando iracunda a Jez con ojos rojizos repletos de furia animal y odio.

—Muy bien, ya sabes lo que quiero —dijo Jez—. Necesito respuestas, y no tengo mucho tiempo. ¿Qué hacen aquí? ¿Quién los ha enviado? ¿Y por qué la quieren a ella? —Sacudió la cabeza en dirección a Claire.

La chica se limitó a mirarla más iracunda aún. Jez aplicó más presión.

—Mira, puedo encontrar tiempo para esto si necesito hacerlo. Puedo seguir así todo el día. Y cuando te haya roto este codo me ocuparé del otro. Y luego te partiré las costillas, y luego las rótulas...

—Repugnante escoria mestiza —gruñó la criatura lobo.

El corazón de Jez dio un curioso bandazo.

Intentó tranquilizarlo. Vaya, aquello parecía interesante. Era evidente que alguien conocía su secreto. Y puesto que habían ido por Claire, sabían que Claire estaba conectada con ella...

Conocían la existencia de su familia.

Jez lo vio todo blanco. Aplicó un repentina presión sobre el codo del ser lobo y la chica gritó, un sonido más de ira que de dolor.

—¿Quién los ha contratado? —preguntó Jez en voz baja, cada palabra surgiendo como una esquirla de hielo—. ¿Quién los ha enviado por mi prima?

Clavó la mirada en los ojos rojizos, intentando alcanzar el alma de la chica y arrancarle una respuesta.

—Nadie se mete con mi familia —musitó—. Quienquiera que los haya enviado va a lamentarlo.

No recordaba haberse sentido nunca tan furiosa. Y estaba tan concentrada en la chica, tan absorta en ella, que hasta que Claire no gritó no advirtió que alguien se le acercaba por detrás.

—¡Jez, cuidado!

El grito despertó a Jez. Sin soltar a la mujer lobo, se dio la vuelta... justo a tiempo de ver a un vampiro acercándosele furtivamente. Debía de haber subido por la escalera mecánica que descendía.

Y detrás de él, increíblemente, estaba Claire, que corría y se preparaba para saltarle encima y detenerlo.

—¡Claire, no! —gritó Jez.

Golpeó a la criatura lobo una vez, con certera precisión, en un lado de la mandíbula para dejarla inconsciente. Luego saltó en dirección al vampiro.

Pero Claire ya lo agarraba; un gesto totalmente inútil y estúpido. Él giró y agarró un puñado de cabellos oscuros, y a continuación estaba sujetando a Claire con una llave de estrangulación, colocando su cuerpo entre él y Jez.

—Un paso más y le parto el cuello —advirtió.

Jez frenó con un patinazo.

—Suelta a mi prima —escupió.

—No, creo que primero necesitamos hablar —dijo él, mientras una fea sonrisa le asomaba al rostro—. Eres tú la que va a darme respuestas...

Jez le asestó una patada.

Una patada giratoria a las rodillas mientras estaba ocupado hablando. No se preocupó por hacer que no fuera letal, lo único que le importaba era conseguir que soltara a Claire.

Funcionó. La soltó, trastabillando lateralmente. Jez agarró a Claire y la apartó de en medio violentamente, gritando:

—¡Corre! ¡La escalera automática está justo ahí!

Pero Claire no corrió.

—¡Quiero ayudarte!

—¡Idiota!

Jez no tenía tiempo de convencer a Claire de que no podía ayudarla en absoluto; de que sólo podía perjudicarla. El vampiro se había recuperado y avanzaba hacia ella en actitud de pelea.

Era grande, probablemente pesaba más de noventa kilos. Y era un vampiro completo, lo que le daba la ventaja de la fuerza y la velocidad. Y era más listo que los seres lobo; él no iba a abalanzarse simplemente sobre ella. Y Jez carecía de una arma.

—Sólo mantente detrás de mí, ¿de acuerdo? —gruñó por lo bajo a Claire.

El vampiro sonrió burlón al oírlo. Sabía que Jez era vulnerable, que iba a tener que mantener la mitad de la atención puesta en proteger a su prima.

Y entonces, justo cuando estaba a punto de efectuar un ataque, Jez oyó el golpear de pisadas sobre el cemento. Pisadas que corrían, con una curiosa pequeña vacilación entre ellas, como de alguien que cojeaba...

Lanzó una ojeada en dirección a la escalera. Hugh acababa de salir de ella e iba hacia allí. Estaba sin aliento y sangraba por diversos cortes en la cara, pero en cuanto los vio a ella y al vampiro agitó los brazos y gritó:

—¡Eh! ¡Asqueroso no muerto! ¡He escapado de tu amigo! ¿Quieres probar suerte tú?

¿Hugh?, pensó Jez con incredulidad. *¿Peleando?*

—Vamos, anda; estoy aquí; soy una presa fácil.

Hugh brincaba en dirección al vampiro, que también le dirigía veloces miradas, intentando evaluar el nuevo peligro a la vez que no dejaba de mantener la atención puesta en Jez.

—¿Quieres probar con unos cuantos asaltos? —Hugh adoptó una pose de boxeador, lanzando puñetazos al aire—. ¿Eh? ¿Quieres pelear por el título?

Mientras hablaba se dedicaba a danzar sin pausa, acercándose más al vampiro, describiendo un círculo para colocarse detrás de él.

Precioso, pensó Jez. Todo lo que necesitaba era que el vampiro desviara la atención durante un segundo —sólo para echar un vistazo detrás de él una sola vez— y podría aplastarle la cara de una patada.

Pero no resultó de ese modo. Algo salió mal.

El vampiro intentó echar un vistazo a su espalda. Jez vio su oportunidad y lanzó la patada, una patada alta que le echó la cabeza atrás violentamente; pero, de algún modo, en lugar de caer hacia atrás el vampiro consiguió dar un traspié al frente directamente hacia ella. Jez podría haberse escabullido con facilidad... de no haber sido por Claire.

Claire se había mantenido obedientemente detrás de ella; incluso cuando detrás de ella significaba permanecer justo al lado de las vías, sobre las cuadrículas amarillas que indicaban el borde del andén. Entonces, al mismo tiempo que el vampiro daba un traspié al frente y Jez empezaba a deslizarse fuera de su camino, la joven oyó que Claire lanzaba una exclamación ahogada y sintió cómo ésta la agarraba frenéticamente.

Supo al instante lo que había sucedido. Claire había intentado huir en la dirección equivocada y se tambaleaba en el borde del andén. Es más, arrastraba a Jez con ella.

Sonó un retumbo lejano, como si fuera un trueno.

Jez sabía que podía salvarse... deshaciéndose de Claire. Podía usar el cuerpo de Claire como trampolín para propulsarse en dirección contraria y, de ese modo, sólo una de ellas moriría.

En lugar de eso, intentó contorsionar su cuerpo y empujar a Claire lejos de ella, hacia un lugar seguro. No funcionó. Ambas perdieron el equilibrio. Jez tuvo la extraña y sorprendente sensación que uno tiene en mitad de una caída —¿dónde está el suelo?— y entonces chocó contra él.

Fue una mala caída porque estaba enredada con Claire, así que todo lo que pudo hacer fue intentar mantener a su prima lejos del tercer riel en el otro extremo de la vía. El impacto las dejó a ambas sin aliento y Jez vio las estrellas.

Oyó a Hugh gritar su nombre.

El trueno lejano se había convertido en un rugido y un zumbido que transportaban las vías que Jez tenía debajo. Desde allí abajo, podía sentir un traqueteo que no era audible desde arriba; aquel ruido le inundó la cabeza y le zarandeó el cuerpo.

Supo rotundamente, en aquel instante, que iban a morir.

Las dos. Trituradas bajo el tren. El dragón blanco pasaría directamente sobre ellas y ni siquiera se daría cuenta.

No tenían la más mínima posibilidad. Claire se aferraba a ella con desesperación, hundiéndole las uñas con fuerza suficiente como para hacerla sangrar, e inhalando entrecortadamente el aire necesario para gritar. Ni siquiera, aunque hubiera sido un vampiro completo Jez hubiera podido alzar a Claire el metro veinte que mediaba hasta el andén con la rapidez suficiente.

No había nada que pudiera salvarlas, ninguna esperanza. No había rescate posible. Todo había acabado.

Todo esto pasó como una exhalación por la cabeza de Jez en el simple instante que tardó en alzar la vista y ver cómo el tren se les venía encima. El elegante frente blanco estaba sólo a nueve metros de distancia, y frenaba, pero en absoluto con la suficiente rapidez, y ahí estaba, el verdadero momento de su muerte, los últimos pensamientos que tendría jamás, y lo último que vería era blanco, blanco, blanco...

Azul.

Sucedió de repente, e inundó su visión. Un instante veía con claridad, y al siguiente todo era azul. No tan sólo azul, sino un llameante y resplandeciente azul surcado de relámpagos; era como estar en el interior de una especie de efecto especial de ciencia ficción. Había azul corriendo a raudales y chisporroteando a su alrededor, un azul que la envolvía y pasaba como una exhalación por su lado y desaparecía en algún lugar más adelante.

Estoy muerta, pensó Jez. *De modo que morir es así. Pues no se parece en nada a lo que dice la gente.*

Entonces reparó en que podía oír un tenue chillido bajo ella. Era Claire. Seguían abrazadas.

Estamos muertas las dos. O hemos caído en alguna especie de distorsión en el espacio. El resto del mundo ha desaparecido. Sólo existe... esto.

Sintió el impulso de tocar aquella cosa azul, pero no podía

moverse debido a que Claire le sujetaba los brazos con firmeza. De todos modos podría no haber sido seguro. Allí donde fluía por encima de ella, podía percibir una especie de zumbido y cosquilleo como si toda su sangre estuviera siendo excitada. Olía igual que el aire después de una tormenta.

Y entonces desapareció.

De golpe. No por etapas. Pero Jez todavía necesitó unos pocos instantes para ver algo, porque tenía los ojos cegados por oscuras imágenes residuales amarillas que ardían y danzaban frente a ella como una nueva clase de relámpagos, y sólo poco a poco advirtió dónde estaba.

Sobre las vías del tren. Exactamente donde había estado antes. Excepto que ahora había un enorme y elegante convoy de tren ante ellas a poco más de medio metro de distancia.

Tuvo que ladear la cabeza para mirarle el frente. Era gigantesco desde aquel ángulo, un monstruo blanco, como el iceberg que había hundido el *Titanic*. Y estaba totalmente parado, daba la impresión de haber estado siempre allí. Como si no se hubiera movido jamás ni un centímetro en toda su historia.

La gente gritaba a voz en cuello.

Gritaban y daban alaridos y efectuaban toda clase de ruidos. Parecía provenir de muy lejos, pero cuando Jez miró pudo verlos contemplándola fijamente desde arriba. Estaban en el borde del andén, agitando los brazos histéricamente. Mientras Jez les devolvía la mirada, un par de aquellas personas saltaron a las vías.

Jez bajó los ojos hacia su prima.

Claire inhalaba violentamente enormes bocanadas de aire, hiperventilaba, y todo su cuerpo se estremecía espasmódicamente. Contemplaba fijamente el tren que se alzaba imponente por encima de ellas con ojos desorbitados.

Un altavoz tronaba. Una de las personas que había saltado, un hombre vestido con uniforme de guardia de seguridad, le

179

murmuraba cosas a Jez, pero ésta no conseguía comprender ni una palabra de lo que decía.

—Claire, tenemos que irnos ahora.

Su prima se limitó a engullir aire, sollozando.

—Claire, tenemos que irnos ahora. Vamos.

Jez sentía todo el cuerpo liviano y raro, y cuando intentó moverse sintió como si flotara. Pero podía moverse. Se puso en pie y tiró de Claire con ella.

Advirtió que alguien pronunciaba su nombre.

Se trataba de la otra persona que había saltado a las vías. Era Hugh, que alargaba los brazos hacia ella. Tenía los ojos grises tan abiertos como los de Claire, pero no desorbitados e histéricos; los suyos estaban muy abiertos y tranquilos. Era la única persona calmada de la multitud, además de Jez.

—Vamos. Suban por aquí —les indicó.

La ayudó a izar a Claire hasta el andén, y luego Jez trepó a éste y alargó el brazo para ayudarlo a él. Cuando estuvieron todos arriba, Jez paseó la mirada a su alrededor. Sabía que buscaba algo... sí. Allí. Los seres lobo a los que había dejado sin sentido. Parecía como si todo hubiera sucedido hacía cien años, pero seguían tumbados allí.

—El otro tipo consiguió escapar —dijo Hugh.

—Entonces tenemos que salir de aquí de prisa.

Jez oyó su propia voz, que sonaba sosegada y lejana. Sin embargo, empezaba a sentirse más ligada a su cuerpo. Hugh guiaba a Claire hacia la escalera automática. Jez fue a colocarse al otro lado de la muchacha, y juntos la ayudaron a mantenerse en pie.

El tipo de seguridad iba detrás de ellos, gritando, pero Jez seguía sin conseguir comprenderle e hizo caso omiso de él por completo. Cuando llegaron al nivel inferior, Hugh y ella empezaron a andar más de prisa, arrastrando a Claire. Empujaron a la muchacha a través de la entrada para minusválidos situada junto a la taquilla y ellos saltaron por encima.

Desde allí abajo, Jez pudo ver que el tren humeaba a lo largo de toda la parte inferior. Humo blanco se elevaba con un chisporroteo al interior del aire bochornoso.

—No podemos seguir por la calle —dijo Hugh—. Tienen coches ahí fuera.

—El garaje —dijo Jez.

Ambos fueron derechos hacia él, un edificio de ladrillo de varias plantas que parecía oscuro y fresco en el interior. Casi corrían con Claire, ahora, y no pararon hasta que se hubieron adentrado profundamente en las entrañas del garaje; el vacío resonaba por todas partes a su alrededor.

Entonces Jez se apoyó sin fuerzas en una columna de ladrillo. Hugh se dobló al frente con las manos sobre las rodillas. Claire se limitó a desplomarse sobre el suelo como una marioneta a la que le hubieran cortado todos los hilos.

Jez se permitió respirar durante unos pocos minutos, y dejó que su cerebro se apaciguara, antes de dejarse caer lentamente junto a su prima.

Parecía como si todos ellos hubieran estado en un accidente. La camiseta de Hugh estaba desgarrada y tenía sangre secándose en un lado del rostro. Los cabellos de Claire estaban alborotados, y tenía arañazos y cortes pequeños en el rostro y en los brazos. Jez había dejado gran cantidad de piel en las vías, y le sangraban los antebrazos allí donde Claire la había arañado.

Pero estaban vivos. Aunque pareciera increíble, estaban vivos.

Claire alzó los ojos justo entonces y se encontró a Jez mirándola. Permanecieron sentadas durante un buen rato mirándose simplemente a los ojos, y al cabo Jez alargó la mano para tocar la mejilla de su prima.

—Eras tú —musitó—. Todo este tiempo... y eras tú.

Alzó los ojos hacia Hugh y empezó a reír.

Él le devolvió la mirada, el pálido rostro en la penumbra; meneó la cabeza y empezó a reír, pero con voz temblorosa.

—¡Por la diosa! —dijo—. Pensé que estaban muertas, ahí, Jez. Pensé que te había perdido.

—No mientras ella esté en la vecindad, al parecer —repuso Jez, y rio con más fuerza; estaba ligeramente histérica, pero no le importaba.

Las risas de Hugh sonaban un poco como llanto.

—Vi ese tren... y no había modo de que fuera a detenerse a tiempo. Y entonces... esa luz. Simplemente salió disparada... y el tren chocó con ella. Ha sido como algo físico. Como un cojín gigante. El tren chocó con ella y ella lo contuvo y el tren aminoró la marcha y entonces la luz acabó de frenarlo...

Jez dejó de reír.

—Me gustaría saber si habrá resultado lastimado alguien del tren.

—No lo sé. —Hugh ahora también estaba más sereno—. Sin duda habrán resultado zarandeados. Paró tan de prisa. Pero no se aplastó. Probablemente estén bien.

—Yo sólo... Desde dentro, pareció un relámpago...

—También desde fuera. No imaginaba ese aspecto.

—No sabía que sería tan potente. Y piénsalo: ella no ha recibido preparación...

Allí estaban los dos: una Alma Vieja y una cazadora de vampiros que habían visto todo lo que las calles tenían que ofrecer, renegando como un par de niños.

Fue Claire quien les hizo parar. Había estado paseando la mirada del uno al otro, sintiéndose cada vez más nerviosa, y, entonces, agarró el brazo de Jez.

—¿De qué están hablando?

Jez giró la cabeza hacia ella y, tras echar una veloz mirada a Hugh, dijo con delicadeza:

—Estamos hablando de ti, Claire. Tú eres el Poder Salvaje.

16

—No lo soy —replicó Claire.

—Sí, lo eres —dijo Jez, todavía con suavidad, como si le siguiera la corriente a una niña.

—No lo soy.

—Ni siquiera sabes lo que es. —Jez miró a Hugh—. ¿Sabes qué? Acabo de darme cuenta de algo. Se supone que todos los Poderes Salvajes «nacieron el año de la visión de la Doncella ciega», ¿correcto?

—Sí...

—Bueno, todo el día de ayer estuve intentando resolverlo, y ahora se me acaba de ocurrir, así de golpe. —Chasqueó los dedos—. Pensaba en visiones en el sentido de las profecías, ¿sabes? Pero creo que lo que significaba era visión, en el sentido de vista. La vista. Aradia sólo disfrutó de su vista durante un año... y ése es el año. Hace diecisiete años.

Hugh miró a Claire.

—Y ella tiene...

—Diecisiete años.

—¿Y qué? —gritó Claire—. ¡Igual que tú! ¡Igual que una barbaridad de gente!

—Igual que yo —dijo Hugh con una sonrisa irónica—. Pero no todo el mundo puede detener un tren con fuego azul.

—Yo no he detenido nada —replicó Claire con apasionada intensidad—. No sé lo que es un Poder Salvaje, pero yo, desde luego, no he hecho absolutamente nada ahí atrás. Tan sólo estaba allí tumbada y sabía que íbamos a morir...

—Y entonces apareció el fuego azul y el tren se detuvo —dijo Jez—. ¿Te das cuenta?

Claire negó con la cabeza. Hugh frunció el ceño y se mostró repentinamente dubitativo.

—Pero Jez... ¿qué hay del incendio en el barrio de Marina? Claire no estaba allí, ¿no es cierto?

—No; pero lo veía en directo por televisión. Y estaba muy, muy trastornada por ello. Todavía tengo las marcas.

Hugh inhaló despacio. Tenía la mirada perdida.

—¿Y crees que funciona a tanta distancia?

—No lo sé. No veo por qué no debería hacerlo. —Volvían a hablar como si Claire no estuviera allí; Jez miraba a las profundidades del garaje—. Creo que a lo mejor la distancia es irrelevante para el fuego azul. Creo que lo que sucede es que ella ve algo, y si la trastorna lo suficiente, si está lo bastante desesperada y no existe ningún modo físico de hacer algo, simplemente... envía el Poder.

—Es algo del todo inconsciente, entonces —observó Hugh.

—Y quién sabe, a lo mejor lo ha hecho antes. —Jez se puso derecha, excitada—. Si está sucediendo muy lejos, y no ve el fogonazo, y no siente nada... —Volvió la cabeza hacia Claire—. ¿No has sentido nada al detener el tren?

—Yo no he detenido ningún tren —dijo Claire, lentamente y con temblorosa paciencia—. Y no tuve nada que ver en lo que pasó en aquel incendio en Marina, si es de eso de lo que están hablando.

—Claire, ¿por qué lo rechazas tan contundente?

—Porque no es cierto. Sé que no hice nada, Jez. Cuando una lo sabe, lo sabe.

—A decir verdad, no la culpo —dijo Hugh—. No es un trabajo fantástico, precisamente.

Jez pestañeó, y entonces la verdad hizo acto de presencia y toda ella se quedó helada.

Por la diosa... Claire.

La vida de Claire como una persona normal había finalizado. Iba a tener que dejarlo todo, la familia, los amigos, y esconderse. A partir de aquel momento, sería una de las cuatro personas más importantes del mundo; el único de los cuatro Poderes Salvajes identificado.

Perseguida constantemente. En peligro continuo. Buscada por todo el mundo en el Night World, por cientos de razones distintas.

Y Claire no tenía experiencia; era tan inocente. ¿Cómo iba a adaptarse a una vida como aquélla?

Jez cerró los ojos; sentía las rodillas tan débiles que tuvo que sentarse.

—¡Oh, Claire... lo siento!

Claire tragó saliva y la miró fijamente. Había miedo en sus ojos oscuros.

Hugh se arrodilló; tenía el semblante apacible y triste.

—No te culpo en absoluto por no querer esto. Pero sería mejor que empezáramos a pensar en llevarte a algún lugar seguro.

Claire mostraba en aquellos momentos la expresión que tiene alguien tras un terremoto: «¿Cómo ha podido sucederme esto a mí? ¿Por qué no presté atención antes de que sucediera?».

—Ten... tengo que ir a casa —dijo, pero lo dijo muy despacio, mirando a Jez con miedo.

Ésta negó con la cabeza.

—Claire... No puedes. Yo... —Hizo una pausa para cobrar

fuerzas; luego habló con suavidad y firmeza—. Tu casa ya no es segura. Hay personas buscándote... Mala gente. —Dirigió un vistazo a Hugh.

El muchacho asintió.

—Un hombre lobo intentó atropellarme con un coche, luego me atacó. Creo que debe de haberme seguido desde la estación. Lo dejé sin sentido, pero no lo maté...

—Y tenemos al vampiro del andén —dijo Jez—. Ése ha escapado; ¿vio el fogonazo?

—Lo vio todo. Estábamos los dos justo allí, contemplándolos allí abajo. Después de eso, salió corriendo. Estoy seguro de que va de regreso a informar a quien fuera que lo envió.

—Y pondrán todo lo que tienen en las calles para tratar de encontrarnos. —Jez paseó la mirada por el garaje—. Necesitamos transporte, Hugh.

Éste mostró una ligera sonrisa.

—¿Por qué tengo la sensación de que no te refieres a un taxi?

—Tú tienes una navaja, y yo puedo hacerle un puente a un coche. Pero tenemos que asegurarnos de que no hay nadie por aquí. Lo último que necesitamos es a la policía.

Ambos se levantaron, y Jez alargó la mano distraídamente para tirar de Claire y ponerla en pie.

Claire musitó:

—Aguarda. No estoy lista para esto...

Jez se preparó para mostrarse despiadada.

—Nunca vas a estar lista, Claire. Nadie lo está. Pero no tienes ni idea de lo que estas personas te harán si te encuentran. Sencillamente... no tienes ni idea.

Localizó un Mustang en el otro extremo del garaje.

—Ése es un buen coche. Vamos.

Había un ladrillo suelto en la pared cerca del coche. Jez lo envolvió en su chamarra y rompió la ventana.

Sólo hizo falta un momento para abrir la puerta y otros po-

186

cos segundos para poner en marcha el vehículo. Y en seguida todos los ocupantes estuvieron dentro y Jez arrancó el coche sin problemas.

—Toma por Ygnacio Boulevard para llegar a la autopista —indicó Hugh—. Tenemos que ir hacia el sur. Hay una casa segura en Fremont.

Pero jamás consiguieron salir del garaje.

Jez vio el Volvo cuando doblaba la primera esquina en dirección a la salida. Llevaba las luces largas encendidas e iba directo hacia ellos. Giró violentamente el volante, intentando maniobrar, pero un Mustang no era una moto. No tenía espacio. No podía escabullirse y huir.

El Volvo ni siquiera aminoró. Y esta vez no hubo luz azul; se produjo un terrible estrépito de metal sobre metal, y Jez se sumió en la oscuridad.

Todo le dolía.

Jez despertó despacio. Durante un buen rato no tuvo ni idea de dónde estaba. En alguna parte... moviéndose.

Estaba siendo zarandeada violentamente, y eso no era bueno, porque parecía tener magulladuras por todas partes. Bien, ¿cómo había sucedido eso...?

Recordó.

Y se incorporó tan de prisa que la cabeza le dio vueltas. Se encontró paseando la mirada por el poco iluminado interior de una furgoneta.

La iluminación era escasa porque no había auténticas ventanillas. La situada atrás la habían cubierto por fuera con cinta adhesiva plateada, y sólo penetraba un poco de luz por la parte superior y por la inferior. No entraba la menor luz por delante. La zona del conductor estaba aislada de la parte trasera por una pared de metal.

No había asientos atrás, nada en absoluto que poder usar. Únicamente tres figuras que yacían inmóviles en el suelo.

Claire, Hugh, y... Morgead.

Jez abrió los ojos de par en par, gateando al frente para mirar a cada uno de ellos.

Claire parecía estar bien; ella iba en el asiento trasero con el cinturón de seguridad puesto. Tenía el rostro muy pálido, pero no parecía sangrar y respiraba acompasadamente.

Hugh presentaba peor aspecto. Su brazo derecho estaba torcido de un modo extraño bajo el cuerpo. Jez lo tocó con delicadeza y determinó que estaba roto.

No tengo nada con que entablillarlo. Y me parece que hay algo más en él que no va bien; su respiración es chirriante.

Finalmente, miró a Morgead.

Tenía un aspecto estupendo. No mostraba arañazos, magulladuras ni cortes como ellos tres, y la única lesión que pudo encontrarle fue un enorme chichón en la frente.

En el mismo instante en que le apartaba con cuidado el pelo del hematoma, el muchacho se removió.

Abrió los ojos y Jez se encontró mirando al interior de oscuras esmeraldas.

—¡Jez!

Se incorporó a una posición sentada, demasiado de prisa, y ella lo empujó de vuelta al suelo. Él volvió a alzarse penosamente.

—Jez, ¿qué ha pasado? ¿Dónde estamos?

—Esperaba que tú pudieras decírmelo.

El muchacho paseaba la mirada por la camioneta, poniéndose al día con rapidez. Como cualquier vampiro, no permaneció aturdido durante mucho tiempo.

—Me dieron un golpe. Con madera. Alguien me atacó cuando abandoné mi apartamento. —Le dirigió una mirada aguda—. ¿Estás bien?

—Sí. Un coche chocó con el que conducía yo. Pero pudo ser peor; casi nos arrolla un tren.

Ambos miraban a su alrededor ahora, automáticamente en sintonía, buscando pistas sobre la situación en que se encontraban y modos de salir. No tenían que discutirlo. La primera orden del día era siempre escapar.

—¿Tienes alguna idea sobre quién te golpeó? —preguntó Jez, pasando los dedos sobre la puerta trasera; no había manijas, ningún modo de salir.

—No. Pierce llamó para decir que se le había ocurrido algo sobre el Poder Salvaje. Iba a reunirme con él cuando me atacaron de repente por detrás. —Estaba inspeccionando la barrera de metal que los separaba de la cabina del conductor, pero entonces le dirigió una veloz mirada—. ¿Qué quieres decir con eso de que casi los arrolla un tren?

—Nada por aquí. Nada en los costados. A esta camioneta se lo han quitado todo.

—Nada por aquí, tampoco. ¿Qué quieres decir con eso de que un tren...?

Jez se retorció para quedar de cara a él.

—¿De verdad no lo sabes?

Él la contempló fijamente por un momento. O bien era un actor fabuloso o era a la vez inocente y estaba indignado.

—¿Crees que haría algo para hacerte daño?

—No sería la primera vez —respondió ella, encogiéndose de hombros.

La miró iracundo y pareció a punto de entrar en uno de sus estados de excitación. Entonces meneó la cabeza negativamente.

—No tengo ni idea de lo que está pasando. Y no intentaría jamás hacerte daño.

—En ese caso los dos estamos en problemas.

Morgead recostó la espalda contra la pared de metal.

—En eso te creo. —Permaneció callado un momento; finalmente dijo en un tono curioso y pausado—: Es el Consejo, ¿verdad? Han averiguado lo del trato entre Hunter y nosotros y están moviendo ficha.

Jez abrió la boca, y la cerró. Volvió a abrirla.

—Es posible —respondió.

Necesitaba a Morgead. Claire y Hugh no eran luchadores. Y quienquiera que los había capturado era un enemigo formidable.

No pensaba que fuera el Consejo. El Consejo no utilizaría matones contratados; actuaría a través de los Antiguos que había en San Francisco. Y no tendría ningún motivo para secuestrar a Morgead; el trato con Hunter Redfern en realidad no existía.

Quienquiera que fuera realmente poseía un buen sistema de información, lo bastante bueno para descubrir que Morgead sabía algo sobre el Poder Salvaje. Y tenía muchísimo dinero, porque había implicado a gran cantidad de matones; y tenía sentido de la estrategia, porque el secuestro de Jez, Claire, Hugh y Morgead había sido maravillosamente calculado y ejecutado con precisión.

Podría tratarse de algún vampiro que actuaba por su cuenta o bien un cacique hombre lobo que quería obtener poder. O tal vez fuera alguna banda rival de vampiros de California. Por lo que Jez sabía, podía tratarse incluso de alguna facción enloquecida del Círculo del Amanecer. Lo único seguro era que iba a tener que pelear con ellos en cuanto la camioneta llegara a su destino, y que necesitaba toda la ayuda que pudiera conseguir.

De modo que era importante mentir a Morgead una última vez, y esperar que peleara a su lado.

Tenía que poner a Claire a salvo.

Eso era todo lo que importaba. El mundo sobreviviría sin

ella y sin Morgead, e incluso sin Hugh, aunque sería un lugar más sombrío. Pero no sobreviviría sin Claire.

—Tanto si se trata del Consejo como si no, vamos a tener que pelear con ellos —dijo en voz alta—. ¿Cómo va tu truco del estallido de energía? Aquel que me mostraste cuando peleábamos con los bastones.

Él soltó un bufido.

—Nada bien. Usé todo mi Poder peleando contra los tipos que me atacaron. Pasará bastante tiempo antes de que me recargue.

A Jez se le cayó el corazón a los pies.

—Es una verdadera lástima —dijo desapasionadamente—. Porque esos dos no van a poder hacer mucho.

—¿Esos humanos? ¿Quiénes son, por cierto? —Su voz volvía a ser tan cuidadosamente indiferente.

Jez vaciló. Si decía que no eran importantes, tal vez no la ayudara a salvarlos; pero tampoco podía decir la verdad.

—Ésa es Claire, y éste es Hugh. Son... unos conocidos. Me han ayudado en el pasado.

—¿Humanos?

—Incluso los humanos pueden ser útiles a veces.

—Pensaba que quizá uno de ellos podría ser el Poder Salvaje.

—¿Crees que si encontrara al Poder Salvaje no te lo diría?

—Se me pasó por la cabeza la posibilidad.

—Eres tan cínico, Morgead.

—Prefiero llamarlo observador —dijo él— Por ejemplo, puedo contarte algo sobre tu amigo Hugh. Lo vi en la ciudad, sólo una vez, pero recuerdo su cara. Es un maldito Amanecer.

Jez sintió una tensión en el pecho, pero mantuvo el rostro inexpresivo.

—Digamos que a lo mejor lo estoy usando para algo.

—Y a lo mejor —dijo Morgead, con sencillez y afabilidad—, también me estás usando a mí.

Jez se quedó sin aliento. Lo miró fijamente. El rostro de Morgead estaba en sombras, pero pudo ver las claras líneas, las facciones fuertes pero delicadas, la oscuridad de las cejas y la tensión de la mandíbula. Y supo, cuando él entornó los ojos, que éstos tenían el color del hielo de un glaciar.

—¿Sabes? —dijo él—, todavía existe una conexión entre nosotros. Puedo sentirla, como una especie de cordón entre nuestras mentes. Jala. No puedes negarlo, Jez. Está ahí tanto si te gusta como si no. Y... —Reflexionó, como si pensara en el mejor modo de expresarlo— me cuenta cosas. Cosas sobre ti.

Demonios, pensó Jez. *Se acabó. Voy a tener que proteger a Hugh y a Claire yo sola. De él y de quienquiera que nos haya capturado.*

Una parte de ella estaba asustada, pero otra parte estaba solamente furiosa; la familiar furia de desear machacarle la cabeza a Morgead. Estaba tan seguro de sí mismo, tan... pagado de sí mismo.

—¿Ah, sí, y qué te está contando ahora? —inquirió sarcásticamente antes de poder contenerse.

—Que no estás diciéndome la verdad. Que me ocultas algo, algo que has estado callando todo este tiempo. Y que tiene que ver con él. —Indicó con la cabeza a Hugh.

Morgead lo sabía. Aquel imbécil lo sabía y simplemente jugaba con ella. Pudo sentir cómo su autocontrol desaparecía.

—Algo relacionado con tus motivos para encontrar el Poder Salvaje —prosiguió Morgead, con una sonrisa curiosa asomando a los labios—. Y con dónde has estado durante todo este último año, y con el porqué de que así, de improviso, quieras proteger a humanos. Y por qué dices «diosa» cuando te sorprendes. Ningún vampiro dice eso. Es una cosa de brujas.

Por la diosa, yo lo mato, pensó Jez, apretando los dientes.

—¿Alguna cosa más? —inquirió sin alterarse.

—Y con por qué te asusta que te lea el pensamiento. —Sonrió con suficiencia—. Ya te dije que era observador.

Jez no pudo más.

—Sí, Morgead, eres brillante. Vamos a ver, ¿eres lo bastante listo para descifrar lo que significa todo ello? ¿O tan sólo para sentir suspicacia?

—Significa... —De repente se mostró indeciso, como si no hubiera averiguado exactamente adónde conducía todo aquello; frunció el ceño—. Significa... que estás... —la miró—, con el Círculo del Amanecer.

Surgió como una declaración, pero sin demasiado convencimiento. Casi como una pregunta. Y él la contemplaba con una mirada de «no lo puedo creer».

—Muy bien —dijo Jez en un tono desagradable—. Dos puntos. No, uno; has tardado mucho tiempo.

Morgead la contempló atónito. Luego, salió disparado de improviso de su lado de la camioneta. Jez también saltó al frente, en una posición acuclillada que le permitiría moverse con más soltura y proteger a Hugh y a Claire.

Pero Morgead no atacó; se limitó a intentar agarrarla por los hombros y zarandearla.

—¡Pequeña idiota! —gritó.

—¿Qué? —replicó Jez, sobresaltada.

—¿Eres de verdad una Amanecer?

—Creía que lo habías resuelto todo.

¿Qué era lo que le pasaba a Morgead? En lugar de mostrarse traicionado y sediento de sangre parecía asustado y enfadado. Como una madre cuyo pequeño acaba de pasar corriendo por delante de un autobús.

—Lo hice... imagino... pero sigo sin poder creerlo. Jez, ¿por qué? ¿No sabes lo estúpido que es eso? ¿No te das cuenta de lo que les va a suceder?

—Mira, Morgead...

—Van a perder, Jez. No es tan sólo el Consejo el que está contra ellos. Todo el mundo en el Night World quiere darles caza. Los van a eliminar, y a cualquiera que se ponga de su lado lo eliminarán también.

Tenía el rostro a cinco centímetros del de ella. Jez lo miró desafiante, negándose a ceder terreno.

—No estoy tan sólo de su lado —murmuró—. Soy una de ellos. Soy una condenada Amanecer.

—Eres una Amanecer muerta. No me lo puedo creer. ¿Cómo se supone que voy a protegerte de todo el Night World?

Lo miró sorprendida.

—¿Qué?

Él se recostó hacia atrás, mirando con ferocidad, pero no a ella. Paseaba la vista por la camioneta, evitando los ojos de la joven.

—Ya me has oído. No me importa quiénes son tus amigos, Jez. Ni siquiera me importa que regresases para utilizarme. Simplemente me alegro de que volvieras. Somos almas geme-las, y nada puede cambiar eso. —Entonces sacudió la cabeza con furia—. Incluso aunque no quieras admitirlo.

—Morgead...

De improviso, el dolor que Jez sentía en el pecho fue dema-siado insoportable para permanecer dentro. Le atoraba la gar-ganta, hacía que le ardieran los ojos, intentaba hacerla llorar.

Había juzgado mal también a Morgead. Había estado tan segura de que la odiaría, que jamás la podría perdonar.

Pero desde luego, él no conocía aún toda la verdad.

Probablemente pensaba que el que ella fuera una Amanecer era algo que se le pasaría con el tiempo; que era simplemente una cuestión de hacerle ver la luz hasta que cambiara de bando otra vez, y volvería a ser la antigua Jez Redfern. Morgead no se daba cuenta de que la antigua Jez Redfern había sido una ilusión.

—Lo siento —dijo ella de improviso, con impotencia—.

Siento todo esto, Morgead... lo siento. Realmente no fue justo para ti que yo regresara.

Él pareció irritado.

—Ya te lo lo he dicho; me alegro de que lo hicieras. Podemos arreglar las cosas... si te limitas a dejar de ser tan obstinada. Saldremos de ésta...

—Aunque lo consigamos, nada va a cambiar.

Alzó la mirada hacia él. Ya no estaba asustada de lo que él pudiera hacer. Lo único que la asustaba era ver repugnancia en sus ojos..., pero de todos modos tenía que decírselo.

—No puedo ser tu alma gemela, Morgead.

Él apenas parecía estar escuchándola.

—Claro que puedes. Ya te lo he dicho, no me importa quiénes sean tus amigos. Te mantendremos viva de algún modo. La única cosa que no comprendo es por qué querrías aliarte con esos humanos estúpidos, cuando sabes que están condenados a perder.

Jez lo miró. Morgead, un vampiro de pies a cabeza, cuyo único interés era ver que el Night World conquistaba por completo a la humanidad. Ella misma había sido como él hacía un año, pero jamás podría volver a serlo, y él la consideraba una aliada, una descendiente de una de las primeras familias de los lamia.

Él la amaba a pesar de no saber quién era.

Jez siguió mirándolo con firmeza, y cuando habló, lo hizo con mucha calma. Y le dijo la verdad.

—Porque soy humana —declaró.

17

Todo el cuerpo de Morgead dio una sacudida y luego se quedó totalmente quieto. Como si lo hubieran convertido en piedra. La única cosa viva en él eran los ojos, que estaban clavados en Jez con sobresalto y ardiente incredulidad.

Bueno, se dijo Jez, con un humor macabro que era casi como una desconsolada pesadumbre, *sorprenderlo lo he sorprendido, eso seguro. Por fin he conseguido dejar tan anonadado a Morgead que es incapaz de articular palabra.*

Sólo entonces comprendió que alguna parte de ella había esperado que él ya supiera también eso. Que fuera capaz de desecharlo con exasperación, tal y como había hecho con el que ella fuera una Amanecer.

Pero tal esperanza había quedado hecha añicos. Había sido una esperanza estúpida, de todos modos. Ser un Amanecer era algo que podía cambiar, una cuestión de desorientación mental.

Ser chusma era algo permanente.

—Pero eso... eso no... —Morgead parecía tener problemas para hacer salir las palabras; tenía los ojos desorbitados por el horror y el rechazo—. Eso no es posible. Eres una vampira.

—Sólo a medias —repuso Jez.

Sintió como si matara algo... y lo hacía; estaba asesinando cualquier esperanza para lo que existía entre ellos.

Más vale que lo remache bien, pensó con amargura, sin poder comprender la humedad que amenazaba con brotarle de los ojos.

—La otra mitad es humana —dijo en tono seco, casi con brutalidad—. Mi madre era humana. Claire es mi prima, y es humana. He estado viviendo con mi tío Jim, el hermano de mi madre, y su familia. Todos ellos son humanos.

Morgead cerró los ojos. Un momento de asombrosa debilidad para él, pensó Jez con frialdad.

La voz del muchacho seguía siendo un susurro.

—Los vampiros y los humanos no pueden tener hijos. No puedes ser mitad y mitad.

—Claro que puedo. Mi padre infringió las leyes del Night World. Se enamoró de una humana y se casaron, y aquí estoy yo. Y luego, cuando yo tenía tres años más o menos, aparecieron otros vampiros e intentaron matarnos a todos. —Mentalmente, Jez volvía a verlo todo, la mujer con el cabello rojo que parecía una princesa medieval, suplicando por la vida de su hija; el hombre alto que intentaba protegerla—. Ellos sí sabían que yo era medio humana. No dejaban de gritar «Maten al monstruo de feria». Así que eso es lo que soy, ¿sabes? —Giró sus ojos, que sabía que estaban febrilmente brillantes hacia él—. Un monstruo de feria.

Él sacudía la cabeza, tragando saliva como si estuviera a punto de vomitar. Aquello hizo que Jez lo odiara, y que sintiera lástima por él al mismo tiempo. Apenas advirtió que le corrían unas lágrimas ardientes por las mejillas.

—Soy chusma, Morgead. Una de ellos. Carne de presa. Eso fue lo que comprendí hace un año, cuando abandoné la banda. Hasta entonces no tenía ni idea, pero aquella última noche que fuimos de caza, recordé la verdad. Y supe que tenía que irme e intentar compensar todo lo que les había hecho a los humanos.

Él alzó una mano para presionarla contra los ojos.

—No me convertí tan sólo en una Amanecer. Me convertí en cazadora de vampiros. Localizo a vampiros a los que les gusta matar, que disfrutan haciendo sufrir a los humanos, y les clavo una estaca. ¿Sabes por qué? Pues porque merecen morir.

Él volvía a mirarla, pero como si apenas pudiera soportar hacerlo.

—Jez...

—Es raro. No sé nada sobre nuestra «conexión»... —le sonrió con amargura, para dejarle saber que sabía que todo había acabado ya—, pero me sentía mal mintiéndote. Casi me alegro de contarte la verdad por fin. En cierto modo hubiera querido contártelo hace un año cuando sucedió, pero sabía que me matarías, y eso hizo que no me decidiera.

Reía ahora, y advirtió que estaba más que un poco histérica. Pero no parecía importar; nada importaba mientras Morgead la mirara con aquella incredulidad angustiada en los ojos.

—Bien, pues... —Estiró los músculos, sonriéndole todavía, pero lista para defenderse—. ¿Vas a intentar matarme ahora? ¿O simplemente queda roto el compromiso?

Él se limitó a mirarla. Era como si le hubiera desaparecido todo el brío. No habló, y de golpe a Jez tampoco se le ocurrió nada más que decir. El silencio se hizo interminable, como una sima enorme entre ellos.

Estaban tan lejos el uno del otro.

Sabías desde el principio que se llegaría a esto, le dijo burlonamente a Jez su mente. *¿Cómo te atreves a estar disgustada? Lo cierto es que se lo está tomando mejor de lo que suponías. No ha intentado desgarrarte el cuello todavía.*

Por fin Morgead dijo, en una voz sin inflexión y hueca:

—Es por eso que no quisiste beber mi sangre.

199

—Llevo todo un año sin alimentarme de sangre —respondió Jez, que también se sentía hueca—. No la necesito, si no uso mis Poderes.

Él miró detrás de ella a la pared de metal.

—Bueno, pues quizá sería mejor que bebieras un poco de la de tus amigos humanos —comentó él en tono cansado—. Porque quienquiera que nos ha capturado...

Se interrumpió, repentinamente alerta, y Jez supo a qué se debía. La camioneta aminoraba la marcha, y los neumáticos trituraban grava.

Estaban entrando en un camino de acceso.

Un camino de acceso largo, y empinado. *Estamos en algún lugar del campo*, pensó Jez.

No tenía tiempo para más tretas con Morgead. Aunque se sentía agotada y entumecida, tenía que concentrarse en otras cuestiones en aquellos momentos.

—Oye —dijo con voz tensa mientras la camioneta frenaba—, sé que me odias ahora, pero quien sea que nos ha capturado nos odia a los dos. No te pido que me ayudes. Sólo quiero sacar a mi prima de aquí... y te ruego que no me impidas hacerlo. Más tarde, puedes pelear conmigo o lo que sea. Podemos ocuparnos de eso nosotros dos solos. Pero no me impidas salvar a Claire.

Se limitó a mirarla con ojos oscuros y vacuos, sin mostrarse de acuerdo o disentir. No se movió cuando ella se posicionó para salir disparada de la camioneta en cuanto abrieran la puerta posterior.

Pero, al final, resultó que podría haberse ahorrado el esfuerzo. Porque cuando la puerta se abrió, dejando entrar luz solar que cegó a Jez, lo hizo para mostrar a cinco matones de aspecto sanguinario, que bloqueaban por completo la abertura. Tres de ellos tenían lanzas con puntas letales apuntando directamente a Jez. Los otros dos tenían pistolas.

—Si alguien intenta pelear —dijo una voz que surgió de detrás de un lateral del vehículo—, disparen en las rótulas a los que están inconscientes.

Jez dejó caer el cuerpo atrás y no intentó pelear cuando la obligaron a salir de la camioneta.

Tampoco, aunque pareciera mentira, lo intentó Morgead. Había más matones de pie detrás de la camioneta, suficientes para rodear tanto a Jez como a Morgead con un bosque de lanzas mientras los llevaban a la casa.

Era una casa bonita, una pequeña y robusta construcción pintada de rojo granero. Tenía árboles por todas partes y no había ningún otro edificio a la vista.

Estamos en el quinto pino, pensó Jez. *Quizá en Point Reyes Park. Algún lugar distante, en todo caso, donde nadie puede oírnos gritar.*

Los condujeron al interior de la sala de estar de la casa, y a Hugh y a Claire los dejaron caer sin miramientos sobre el suelo.

Y a continuación los ataron a todos.

Jez seguía buscando el momento de atacar. Pero nunca encontró la oportunidad. Durante todo el tiempo que tardaron en atarlos a Morgead y a ella, dos de los matones se dedicaron a apuntar a Claire y a Hugh con pistolas. No había modo de que Jez pudiera desarmarlos a ambos antes de que consiguieran disparar.

Peor aún, un experto la estaba dejando indefensa. Las cuerdas estaban hechas de líber, la corteza interior de los árboles. Igual de efectivas contra vampiros y contra humanos. Cuando el tipo que la ataba terminó, Jez no podía usar ni brazos ni piernas.

Hugh despertó, jadeando de dolor, cuando le ataron el brazo herido. Claire despertó cuando el hombre lobo que había terminado de enrollar cuerdas a su alrededor la abofeteó.

Jez contempló a aquel ser lobo en concreto con atención. Estaba demasiado enojada para mirarlo desafiante, pero quería recordar su rostro.

Luego volvió a mirar a Claire, que paseaba la mirada a su alrededor con perplejidad.

—¿Dó... dónde estamos? ¿Qué sucede, Jez?

Hugh también miraba a su alrededor, pero con mucha menos confusión. Los ojos grises del muchacho estaban simplemente tristes y llenos de dolor.

—No pasa nada, Claire —dijo Jez—. Sólo mantente callada, ¿de acuerdo? Tenemos un pequeño problema, pero no les digas nada. —Miró fijamente a su prima, deseando hacer que comprendiera.

—¿Un pequeño problema? No lo creo —dijo una voz procedente de la entrada de la sala de estar.

Era la misma voz que había dado la orden de disparar a las rótulas si trataban de resistirse. Una voz suave y fría, como un viento ártico.

Quien hablaba era una chica.

Una chica muy bonita, se dijo Jez sin venir al caso. Tenía una melena negra que le caía recta por la espalda como si fuera de seda, y unos ojos que brillaban igual que topacios. Tez de porcelana. Una sonrisa cruel. Gran cantidad de Poder la rodeaba como una aura oscura.

Una vampira.

Aparentaba tal vez un año más que Jez, pero eso no significaba nada. Podía tener cualquier edad.

Esos ojos, pensó Jez. *Me son vagamente familiares. Como si los hubiera visto en un cuadro...*

—Probablemente debería presentarme —dijo la joven, mirándola con fría burla—. Soy Lily Redfern.

Jez sintió que le caía el corazón a los pies.

La hija de Hunter Redfern.

Bueno, eso explicaba muchas cosas.

Trabajaba para su padre, desde luego. Y ella misma era una enemiga poderosa, con más de cuatrocientos años de edad. Había rumores de que el año anterior había estaba trabajando en la trata de esclavos humanos, y que había ganado una barbaridad de dinero con ella.

Debería reír, pensó Jez. *Yo contándole a Morgead que Hunter quería ganarle la mano al Consejo... y realmente así era. Sólo que no a través de mí, claro. Ha enviado a la única hija que le queda a ocuparse de nosotros, a obligar a Morgead a entregarle al Poder Salvaje.*

Por eso hay tantos matones; puede permitirse comprar tantos como necesite. Y la operación llevada a cabo sin contratiempos; Lily es una estratega nata. Por no mencionar que es totalmente despiadada y fría como el hielo.

La recién llegada tenía razón. *No tenemos un pequeño problema. Tenemos un problema enorme.*

Alguien, se dijo Jez con una extraña y tranquila certeza, *va a morir aquí.*

Lily seguía hablando.

—Y ahora dejen que les presente a mis socios, que han contribuido tanto a que todo esto sea posible. —Hizo una seña a alguien oculto en el vestíbulo para que se adelantara—. Éste es Azarius. Creo que ya lo conocen.

Era el vampiro con el que Jez había peleado en el andén. Era alto, de tez oscura y con un aspecto autoritario.

—Y éste —dijo Lily, sonriendo— es alguien a quien también conocen. —Volvió a hacer una seña, y una segunda figura apareció en la entrada.

Era Pierce Holt.

Sonreía levemente, con el rostro aristocrático tensado con trazos de refinado triunfo. Los saludó con una mano delgada, los ojos tan fríos como los de Lily.

Morgead emitió un rugido inarticulado e intentó abalanzarse sobre él.

Únicamente consiguió caer al suelo, un cuerpo forcejeante en un capullo de líber. Tanto Lily como Azarius rieron; Pierce se limitó a mostrar una expresión desdeñosa.

—¿De verdad no lo adivinaste? —dijo—. Eres tan estúpido, Morgead. Saliendo esta mañana para reunirte conmigo, tan confiado, tan ingenuo; pensaba que eras más listo. Estoy decepcionado.

—No, lo que estás es muerto —bramó Morgead desde el suelo; miraba fijamente a Pierce, con el negro pelo cayéndole sobre la frente e introduciéndose en unos ojos verdes que llameaban furiosos—. ¡Muerto en cuanto esto finalice! Has traicionado a la banda. No eres más que escoria. Eres...

—Háganlo callar —dijo Lily, y uno de los matones asestó una patada a Morgead en la cabeza.

Realmente debía de haberse quedado sin poder, se dijo Jez, estremeciéndose, o habría hecho volar por los aires a Pierce en aquel momento.

—Yo soy más listo —decía Pierce en aquellos momentos—. Y pienso sobrevivir. Supe que algo olía mal cuando ella —indicó con la cabeza a Jez sin mirarla— dijo que tenía un trato con Hunter Redfern. No sonaba bien... y luego el modo en que estaba tan preocupada por aquella niña indeseable. Así que efectué unas cuantas llamadas, y descubrí la verdad.

—¿Te das cuenta de que tu amiga, aquí presente, trabaja con el Círculo del Amanecer? —interrumpió Lily, que también miraba a Morgead y hacía como si Jez no existiera—. Te mintió y te engañó. Intentaba obtener el Poder Salvaje para ellos.

Morgead gruñó algo inarticulado.

—Y no tan sólo es una Amanecer —dijo Pierce, que por fin miró a Jez, y lo hizo con ponzoñoso rencor—. Es una abominación mutante. Una mitad de ella es chusma. Deberían haberla ahogado al nacer.

—Es a ti a quien deberían haber ahogado al nacer —replicó Morgead entre sus apretados dientes.

Lily había estado observando divertida, pero ahora agitó una mano.

—Muy bien, se acabaron la diversión y los juegos. Vayamos al grano.

Dos de los matones volvieron a sentar a Morgead, y Lily fue a colocarse en el centro de la habitación. Miró a cada uno de ellos por turno; Jez fue la última.

—Sólo tengo una pregunta para ti —dijo con su voz sosegada y fría—. ¿Qué humano es el Poder Salvaje?

Jez la miró de hito en hito.

No lo sabe. Sabe casi todo lo demás, pero desconoce eso. Y si no puede descubrirlo...

Dedicó a Hugh y a Claire una larga e intensa mirada, diciéndoles que se mantuvieran callados. Luego volvió a mirar a Lily.

—No tengo ni idea de a qué te refieres.

Lily le pegó.

Fue un golpe muy fuerte, pero en nada comparable con los que Jez recibía en mitad de una pelea. La muchacha rio, fue una risa natural de sorpresa y desprecio.

Los ojos dorados de halcón de Lily se tornaron gélidos.

—¿Te parece divertido? —dijo, todavía con calma—. Mi padre me envió a conseguir el Poder Salvaje, y eso es justo lo que voy a hacer. Incluso si significa hacerlos pedazos a tu novio vampiro y a ti, mutante.

—Sí, bueno, supón que no lo sé. ¿Has contemplado esa posibilidad en algún momento? En ese caso no podría decirlo, no importa lo que tú y tus pequeños... —Jez dirigió un vistazo a Pierce y a Azarius—, tus pequeños hobgoblins hagan.

La tez de porcelana de Lily empezaba a enrojecer de rabia, y ello hizo que se vieran unas tenues cicatrices en un lado de su rostro que Jez no había advertido antes, como marcas de quemaduras casi cicatrizadas por completo.

—Oye, pequeño monstruo de feria... —Entonces se volvió hacia los matones—. Denle una lección.

Las cosas resultaron emocionantes durante un rato. Jez pudo oír a Claire y a Hugh gritando y a Morgead gruñendo mientras los hobgoblins la golpeaban. Ella, por su parte, apenas sintió los golpes. Estaba en un lugar donde no importaba.

Cuando por fin se cansaron y pararon, Lily volvió a acercarse a ella.

—Ahora —dijo con dulzura—, ¿ha mejorado tu memoria?

Jez la miró desde debajo de un párpado que se hinchaba por momentos.

—No puedo decirte algo que no sé.

Lily abrió la boca, pero antes de que pudiera hablar, una nueva voz intervino.

—Ella no sabe nada —dijo Hugh—. Yo te lo diré. Soy yo.

Lily se volvió despacio para mirarlo.

Estaba sentado muy erguido, con el rostro tranquilo bajo la sangre seca. Sus ojos grises eran límpidos y francos; no parecía asustado.

¡Oh, Hugh!, pensó Jez. El corazón le latía despacio y con fuerza y los ojos le ardían.

Lily dirigió una veloz mirada a Azarius.

—Podría ser —respondió éste con un encogimiento de hombros—. Te lo dije, podría ser cualquiera de ellos. Estaban los dos en la estación cuando surgió el fogonazo y el tren paró.

—¡Hum! —dijo Lily, y fue un sonido parecido al de un gato ronroneando ante la cena.

La joven fue hacia Hugh. Éste no desvió la mirada, no se inmutó siquiera.

Pero, junto a él, Claire se retorció convulsivamente.

Lo había estado observando todo con una expresión desesperada y aturdida. Jez estaba segura de que no comprendía ni una cuarta parte de lo que estaba pasando. Pero entonces, de improviso, la muchacha perdió la expresión confusa; sus oscuros ojos centellearon y adquirió el aspecto de la Claire que había hostigado a Jez cientos de veces en el pasillo de casa.

—No sé de qué estás hablando —se dirigió a Hugh—. Sabes perfectamente que soy yo. —Giró la cabeza hacia Lily—. Yo soy el Poder Salvaje.

Lily apretó la boca y puso sus manos en la cintura, alternando la mirada entre Hugh y Claire.

Entonces Jez oyó el sonido más extraño de su vida.

Era risa... una risa desenfrenada e insensata. Había un deje en ella que casi recordaba al llanto, pero también algo que era jubiloso, temerario, libre.

—Si de verdad quieres saber quién es —dijo Morgead—, soy yo.

Lily se volteó para mirarlo iracunda. Jez se limitó a abrir mucho los ojos, atónita.

Jamás lo había visto tan guapo... ni tan burlón. Su sonrisa era luminosa, el oscuro cabello le caía por encima de los ojos, y los ojos eran llameantes esmeraldas verdes. Estaba atado, pero estaba sentado con la cabeza echada hacia atrás como un príncipe.

Algo se desgarró dentro de Jez.

No comprendía por qué tendría él que hacerlo; sin duda sabía que no la salvaría con ello. A las únicas personas a las que quizá podría salvar eran Hugh y Claire. Y ¿por qué tendrían que importarle?

Además, aquél era un gesto inútil. No se daba cuenta de que no podía ser el Poder Salvaje, que no había estado por allí cuando el tren se detuvo.

Pero... no dejaba de ser un gesto muy galante. Probablemente lo más galante que Jez había visto nunca.

Lo miró con fijeza, sintiendo cómo volvían a brotarle lágrimas de los ojos a la vez que deseaba tener telepatía y poder preguntarle por qué por todos los mundos lo había hecho.

Entonces los ojos verdes del joven se volvieron hacia ella, y oyó su voz mental:

Existe una pequeña posibilidad de que dejen marchar a uno tras una simple paliza. Sólo es una posibilidad; como advertencia al Círculo del Amanecer para que no se metan nunca más con Hunter. En especial si convenzo a Lily de que trabajaré con ella.

Jez no pudo contestar, pero negó con la cabeza muy levemente, y lo miró desesperada. Sabía que él podía comprender aquello. *¿Sabes lo que te harán? ¿Especialmente cuando descubran que eres un impostor?*

Vio su leve sonrisa de respuesta. Lo sabía.

¿Qué importa?, dijo él en su mente. *Tú y yo... estamos perdidos de todos modos. Y sin ti, no me importa lo que suceda.*

Jez no pudo mostrar ninguna reacción a aquello. Se le oscurecía la visión, y sentía como si el corazón se estuviera abriendo paso fuera de su pecho.

¡Oh, Morgead...!

Lily respiraba con dificultad, a punto de perder el control.

—Si tengo que matarlos a todos...

—Espera —dijo Pierce, y su voz serena contrastó llamativamente con la voz tensa de Lily—. Hay un sencillo modo de averiguarlo. —Señaló a Jez con el dedo—. Clávale una estaca.

Lily le dirigió una mirada feroz.

—¿Qué?

—Ella no te dirá nada. Es prescindible. Y hay algo que tienes que saber sobre el Poder Salvaje. —Fue hasta Lily con aire congraciador—. Creo que Morgead tenía razón sobre una cosa. Creo que el Poder Salvaje no opera conscientemente en estos momentos. Sólo se muestra cuando el peligro es mayor, cuando no existe un modo físico de escapar; entonces surge el Poder.

Lily lanzó una mirada de soslayo a Hugh y a Claire, que estaban sentados muy tensos, con los ojos muy abiertos.

—¿Te refieres a que ni siquiera ellos podrían saber quizá cuál de ellos lo es?

—Quizá no. Tal vez es totalmente automático en este momento. Pero hay un modo de averiguarlo. Todos parecen... tenerle apego... a la mestiza. Pon su vida en peligro, y entonces veremos cuál puede liberarse e intenta salvarla.

Los perfectos labios de Lily se curvaron despacio en una sonrisa.

—Sabía que existía un motivo para que me gustaras —repuso.

Luego hizo una seña a los matones.

—Vamos, háganlo.

Todo resultó confuso durante un instante. No porque Jez forcejeara. No lo hacía. Pero Claire gritaba y Hugh y Morgead también daban gritos, y Lily reía. Cuando lo peor del ruido se apagó, Jez se encontró tumbada sobre la espalda, con Azarius de pie junto a ella y sosteniendo un martillo y una estaca.

—¿No es interesante —decía Lily— que una estaca a través del corazón sea la única cosa que acaba con humanos y vampiros con la misma eficiencia?

—Y también con las mestizas —comentó Pierce.

Estaban uno a cada lado de Azarius, mirando y riendo.

—Lily, escucha. Escucha —dijo Morgead con voz ronca y desesperada—. No tienes por qué hacer esto. Ya te lo he dicho, soy yo. Sólo aguarda un minuto y habla conmigo...

—Ni te molestes, amante de humanas —replicó ella sin dedicarle ni una mirada—. Si eres el Poder Salvaje, sálvala.

—¡Que ninguno de ustedes haga nada! —gritó Jez—. Nada de nada, ¿entendido?

Se lo gritaba principalmente a Claire...

De improviso Jez se sintió extrañamente insegura.

El corazón le latía muy de prisa, y su mente se movía a mayor velocidad aún. Fragmentos de ideas le centelleaban a través de la conciencia, como una melodía casi demasiado tenue para captarla. Era como si todas las profecías que había oído sobre los Poderes Salvajes estuvieran resonando, rebotando por su cerebro a una velocidad demencial. Y había algo sobre ellas, algo que la molestaba. Algo que le hacía preguntarse...

¿Podría ser que Claire no fuera el Poder Salvaje? Jez había dado por supuesto que lo era... pero ¿era posible que hubiera estado equivocada?

También Hugh estaba en el andén en aquel momento, viendo cómo se acercaba el tren. Hugh tenía motivos para sentirse alterado al tener que ver cómo Jez moría. Ella le importaba; Jez lo sabía ahora. Y Hugh también tenía diecisiete años.

¿Podría ser Hugh el Poder Salvaje?

No había estado en el barrio de Marina... pero vivía en la zona de la Bahía; no había motivo por el que no pudiera haber estado viendo el fuego tal y como Claire y ella lo habían hecho.

Pero todavía había algo que la fastidiaba. Las profecías... «dos ojos vigilan»... «Cuatro de fuego azul, con poder en su sangre...»

Lily hablaba. Jez la oyó como si se hallara a una gran distancia.

—Hazlo. Al lado mismo del corazón.

Azarius colocó la estaca. Alzó el martillo.

Morgead gritó:

—¡Jez!

Jez gritó:

—Que ninguno de ustedes haga nada...

Y entonces el martillo descendió y el universo estalló en un terrible dolor rojo.

18

Jez se oyó gritar, pero sólo débilmente.

Había un rugido en sus oídos como si el metro volviera a venírsele encima. Y un dolor que le envolvía todo el cuerpo, enviando contracciones angustiosas a través de los miembros. No obstante, tenía su punto neurálgico en el pecho, allí donde algo al rojo vivo se había alojado dentro de ella, aplastando el pulmón, desplazando los órganos internos y ardiendo justo al lado del corazón.

Le habían clavado una estaca.

Aquello que ella había hecho tan a menudo a otros se lo acababan de hacer a ella.

No había caído en la cuenta de que algo pudiera doler de aquel modo, y se alegraba de que ninguna de sus víctimas hubiese vivido mucho tiempo para seguir padeciendo.

Sabía que la madera de la estaca le estaba envenenando el corazón, y que, incluso aunque la retiraran, moriría.

Ningún vampiro podía resistir el contacto entre madera viva y su corazón de no muerto.

Con todo, viviría durante un corto tiempo... durante el cual padecería un dolor inimaginable mientras el veneno la corroía.

Una voz le gritaba dentro de la cabeza. *JezJezJezJez...* Una y otra vez, sin ninguna coherencia.

Morgead, pensó, y esperó que no estuviera sintiendo nada de lo que ella sentía a través del cordón plateado que los conectaba.

Hugh y Claire sollozaban. Deseó que no lo hicieran. Tenían que permanecer en calma; pensar en un modo de salvarse.

Porque ella ya no podía ayudarlos.

Por encima de los sollozos oyó una voz aguda y enojada. Lily.

—¿Qué es lo que les sucede? —decía Lily—. ¿No ven lo que ha pasado? ¿No quieren salvarla?

Por entre la neblina roja que le llenaba la visión, Jez experimentó una tenue aprobación; estaban cumpliendo lo que ella les había pedido. Quienquiera que fuera el que poseía el Poder Salvaje lo estaba reprimiendo.

Bien. Eso era lo que importaba. Aunque en realidad ya no podía recordar el motivo...

De improviso un rostro se abrió paso a través de la neblina roja. Era Lily, que se inclinaba sobre ella.

—¿No lo entiendes? —aulló Lily—. Puedes parar esto ahora mismo. Haré que te mate limpiamente... Todo el dolor finalizará. Lo único que tienes que hacer es decirme cuál de ellos es.

Jez le sonrió débilmente. No podía respirar para responder, pero tampoco quería intentarlo.

¿Te habrás creído que no lo sé?, pensó. *No, no creo que lo hayas hecho...*

El dolor iba menguando por sí mismo. Era como si Jez se alejara cada vez más de él.

—¿Cómo puedes ser tan estúpida? —gritaba Lily.

Tenía el rostro crispado, y en la visión borrosa de Jez aparecía flotando en una neblina escarlata. Parecía un monstruo. Entonces se volteó y dio la impresión de que le gritaba a otro.

—De acuerdo. Arrojen también al otro vampiro aquí en el

suelo. A Morgead. —Volvía a mirar a Jez—. Tendremos que clavarles una estaca a tus amigos, uno tras otro, hasta que el Poder Salvaje decida darse a conocer.

No. No...

De improviso, todo fue mucho más nítido alrededor de Jez. Podía ver la habitación otra vez, y podía sentir su propio cuerpo. El rugido en los oídos continuaba allí, pero oía los sollozos de Claire por encima de él.

No, Lily no podía hablar en serio. Eso no podía estar sucediendo...

Pero sucedía. Empujaban ya a Morgead al suelo junto a ella, y a Claire y a Hugh al otro lado de él. Los matones con lanzas se iban colocando en posición.

No. No. Esto no puede estar sucediendo.

Jez quiso gritarles, decir al Poder Salvaje que hiciera algo, porque todo estaba perdido de todos modos. Pero no tenía aire para gritar. Y se sentía tan desorientada y confusa... Su universo se había vuelto incoherente; sus pensamientos parecían deshilvanarse de golpe; recuerdos del pasado se combinaban con centelleantes impresiones sensoriales del presente, y con extrañas ideas nuevas...

Si era involuntario, ¿por qué el Poder Salvaje no llevaba a cabo magia más a menudo? A menos que existiera algún otro requisito...

No puedo dejar que esto suceda.

La humedad de la sangre esparciéndose alrededor de su corazón...

Las uñas de Claire que se le clavaban en los brazos.

Cuando no existe un modo físico de escapar...

Poder en la sangre.

Claire allí en el suelo. Gritando y gritando...

Algo tomando forma dentro de ella, más ardiente que la estaca.

Morgead junto a ella susurrando:

—Jez, te quiero.

Pierce alzaba la estaca sobre su cabeza, y Morgead miraba a lo alto sin miedo...

Más ardiente que el corazón de una estrella.

Hugh a lo lejos decía casi con calma:

—Diosa de la Vida, recíbenos; guíanos al otro mundo...

Más ardiente que el sol y más frío y azul que la luna, igual que fuego que quemaba y congelaba y crepitaba como el relámpago, todo a la vez. Algo que la inundó con una energía que estaba más allá de la cólera, más allá del amor y más allá de todo control, y que reconoció en su alma incluso a pesar de que nunca antes lo había sentido de un modo consciente. Hinchaba a Jez hasta reventar, en forma de una llamarada pura y terrible que jamás fue pensada para ser liberada de ese modo...

—¡Hazlo! —gritó Lily.

Y Jez lo liberó.

Salió exultante de ella en una explosión silenciosa. Fuego azul que brotó a raudales de su cuerpo y estalló en todas direcciones, pero especialmente hacia arriba. Salió y salió y salió, envolviéndolo todo mientras fluía de ella en un torrente inacabable. Como una llamarada solar que no paraba.

Era todo lo que podía ver. Llamas azules, surcadas de relámpagos de un blanco azulado que crepitaban de un modo casi inaudible. Exactamente como el fuego que la había arropado en las vías del metro.

Salvo que ahora podía darse cuenta de dónde surgía, incluso aunque no pudiera dirigirlo. Ahora sabía cómo soltarlo, pero una vez fuera hacía lo que quería.

Y no estaba pensado para ser usado de aquel modo. Era la única cosa que sabía con claridad sobre él; lo había estado dejando escapar cuando estaba desesperadamente trastornada...,

214

cuando estaba preocupada por la vida de alguien y sabía que no podía hacer nada más para salvarlos. Eso era perdonable, porque había sido inconsciente.

Pero esto no lo era, y probablemente estaba violando alguna ley del universo o algo parecido. El fuego azul sólo estaba pensado para utilizarse en la batalla final, cuando llegara la oscuridad y se convocara a los Cuatro para enfrentarse a ella.

Supongo que eso significa que debería intentar parar ahora, pensó.

No estaba segura de cómo hacerlo. Supuso que era necesario que lo hiciera regresar, que jalara de él de algún modo de vuelta al interior del cuerpo.

A lo mejor si doy una especie de jalón...

Hizo... algo. Una especie de recogida mental que, aunque fue más duro de lo que había sido soltar el fuego, funcionó. Sintió cómo regresaba, penetrando a raudales de vuelta a su interior, como si ella lo succionara...

Y entonces desapareció, y Jez pudo volver a contemplar el mundo. Pudo ver lo que el Poder había causado.

La casa había desaparecido.

O la mayor parte de ella, al menos. Quedaba aproximadamente medio metro de pared irregular en todo el perímetro, con aislamiento carbonizado derramándose fuera. Energía azul, parecida a electricidad, discurría por los bordes aquí y allá, chirriando.

Aparte de eso, no había casa. Ni siquiera pedazos de escombros desperdigados. Había finos trocitos de desechos que flotaban hacia el suelo y hacían que la luz solar resultara neblinosa, pero eso era todo.

Se... ha vaporizado, pensó Jez, buscando la palabra correcta.

Lily no estaba. Azarius tampoco. Ni Pierce. Y tampoco estaba ninguno de los matones.

215

Por la diosa —pensó Jez—. *No era mi intención hacer eso. Sólo quería impedir que lastimaran a Morgead, a Claire y a Hugh...*

¿Qué habría sido de sus amigos?, se preguntó con repentino pánico, y giró la cabeza, penosamente.

Estaban allí. Y vivos. Incluso empezaban a moverse. Las cuerdas con las que habían estado atados yacían sobre la alfombra, chisporroteando con la misma energía azul.

Resultaba tan raro tener una alfombra sin una casa que fuera con ella, se dijo Jez confusamente.

Volvía a desvanecerse. Y eso era una lástima, pero al menos ya no dolía. El dolor había desaparecido por completo, y había sido reemplazado por una sensación cálida y somnolienta... y la impresión de flotar suavemente hacia fuera.

Le pesaban los párpados.

—¿Jez? ¡Jez!

Fue un susurro ronco. Jez abrió los ojos y vio el rostro de Morgead.

El muchacho lloraba. Cielos, eso era malo. Jez no lo había visto llorar desde... ¿cuándo fue? En algún momento cuando eran niños pequeños...

Jez, ¿puedes oírme? Ahora le hablaba mentalmente.

Jez volvió a pestañear, e intentó pensar en algo reconfortante que decirle.

—Me siento a gusto —susurró.

—¡No, no te sientes a gusto!

Lo soltó casi como un gruñido. A continuación miró detrás de él, y Jez vio a Hugh y a Claire que gateaban hacia ella. Todos relucían con una luz dorada.

—Son tan hermosos —les dijo ella—. Como ángeles.

—¡Éste no es momento para tu extraño sentido del humor! —gritó Morgead.

—¡Basta ya! ¡No le grites!

Ésa era Claire. También Claire lloraba, hermosas lágrimas

216

que brillaban a medida que caían. Alargó el brazo y tomó la mano de Jez, y fue bonito, aunque Jez no pudo notarlo exactamente; pero pudo verlo.

—Va a ponerse bien —gruñía Morgead—. Ha perdido sangre, pero estará bien.

Alguien le apartaba con delicadeza los cabellos del rostro a Jez. Lo notó; era agradable. Miró a Morgead frunciendo lentamente el ceño porque tenía que decirle algo importante, y hablar le resultaba difícil.

—Di a Hugh... —musitó.

—¡Díselo tú misma, idiota! ¡Está aquí mismo! Y tú no te vas a ir a ninguna parte.

Jez parpadeó por la dificultad de cambiar el punto de atención. Sí, allí estaba Hugh. Era quien le acariciaba el pelo.

—Hugh... la profecía. He comprendido lo que eran los dos ojos que vigilan. Son el sol y la luna... ¿entiendes? Dos ojos... que significan alguien que pertenece a ambos mundos.

—El Mundo Diurno y el Mundo de la Noche —dijo Hugh en voz queda—. Lo has resuelto, Jez. Muy lista.

—Y sangre —musitó ella—. «Poder en la sangre...» Por eso no podía hacerlo en cualquier momento que quisiera. Tiene que manar sangre antes de que puedas liberar el poder. Las primeras dos veces Claire me arañaba. Y esta vez... —La voz se apagó, pero no era importante, porque sabía que todo el mundo podía ver la sangre.

Hugh tenía la voz apagada...

—Eso también ha sido muy inteligente, Jez. Lo has resuelto. Y nos has salvado. Lo has hecho todo a la perfección.

—No... porque sólo habrá tres Poderes Salvajes ahora...

—Pues claro que no —replicó Morgead, furioso—. Escúchame, Jez. No hay ningún motivo para que mueras...

Jez era ya incapaz de sonreír, o de formular siquiera una frase. Pero musitó con dulzura:

—Madera... es veneno.

—¡No, no es así! No para los humanos. Y tú eres medio humana, Jez. Tienes la suficiente naturaleza de vampiro para sobrevivir a algo que mataría a un humano, pero eres lo bastante humana para que no te envenene la madera.

Jez no se dejó engañar. Ya no podía ver gran cosa. Únicamente a Morgead, y éste resultaba cada vez más borroso. Sin embargo, no era que el mundo se fuera oscureciendo... sino que se tornaba más brillante; todo era dorado y reluciente.

Cuatro menos uno y triunfa la oscuridad —pensó Jez—. *Lamento tanto eso. Espero que puedan conseguirlo de algún modo. Sería tan triste que todo lo humano desapareciera. Hay tanto de bueno en el mundo, y tanto que amar...*

Ya ni siquiera podía ver a Morgead. Únicamente luz dorada. Pero podía oír. Podía oír a Claire susurrándole en una voz entrecortada por las lágrimas, y sentir cómo le caía algo húmedo sobre el rostro.

—Te quiero, Jez. Eres la mejor prima que pueda tener nadie.

Y Hugh. También él lloraba.

—Jez, estoy tan orgulloso de ser tu amigo...

Y entonces, por entre la neblina y la luz dorada y la calidez y la paz, le llegó una voz que no era dulce en absoluto; que rugía de pura indignación y furia.

—¡NO TE ATREVAS A MORIRTE, JEZEBEL! ¡NO TE ATREVAS A HACERLO! ¡O TE SEGUIRÉ AL OTRO MUNDO Y TE MATARÉ!

Repentinamente, en la hermosa neblina dorada, pudo ver otra cosa: la única cosa en el universo que no era dorada.

Era un cordón plateado.

Haz el favor de regresar y hazlo ahora mismo, rugió Morgead en sus oídos desde el interior de su mente. *¡Ahora mismo! ¿Me oyes?*

La paz quedó hecha añicos. Ya nada parecía tan cálido y maravilloso, y sabía que cuando Morgead se dejaba llevar por uno de sus Estados de Excitación, no paraba de gritar hasta obtener lo que quería.

Y tenía el cordón justo ante ella. Era fuerte, y percibía que el otro extremo estaba en alguna parte dentro del corazón de Morgead, y que él intentaba arrastrarla de vuelta a él.

De acuerdo. A lo mejor si simplemente me agarro...

Sin saber cómo, estaba aferrada al cordón, y, poco a poco, se arrastraba de vuelta. Y entonces la luz dorada empezó a desvanecerse y se encontró dentro de un cuerpo atenazado de dolor y Morgead la abrazaba y la besaba y lloraba, todo al mismo tiempo.

La voz de Claire surgió de detrás de él.

—¡Vuelve a respirar! ¡Respira!

—Te amo, humana idiota —jadeó Morgead contra la mejilla de Jez—. No puedo vivir sin ti. ¿Es que no lo sabes?

—Te dije que nunca volvieras a llamarme Jezebel —musitó ella.

Entonces se desmayó.

—Es hora de un agradable baño —anunció la enfermera—. Y luego podremos recibir a una visita.

Jez la miró con suma atención. La mujer era amable, pero tenía una especie de obsesión por los lavados de cuerpo con esponja, y estaba siempre añadiendo al agua ingredientes con olores extraños. Lo que en realidad no resultaba tan sorprendente ya que era una bruja.

—Saltémonos el baño —dijo Jez—. Deje entrar a la visita.

—¡Vamos, vamos! —repuso la bruja, agitando un dedo y avanzando con la esponja.

Jez suspiró. Ser un Poder Salvaje en un santuario del Círculo del Amanecer significaba que podía tener más o menos casi cualquier cosa que quisiera; con la excepción de que todo el mundo la seguía tratando como a una niña pequeña. Especialmente las enfermeras, que la malcriaban y lisonjeaban, pero que le hablaban como si tuviera tres años.

Con todo, dejaba con mucho gusto que el Círculo se ocupase de algunas cosas, como mantener a salvo a sus parientes, por ejemplo. Aunque estaba casi totalmente recuperada, gracias a una constitución fuerte y una barbaridad de hechizos curativos de las brujas, todavía no estaba en condiciones para hacerlo ella. Tío Bracken y toda la familia Goddard necesitaban protección constante, ya que indudablemente Hunter Redfern y el Consejo del Night World debían de ir todos tras ellos a aquellas alturas.

El Círculo había hecho venir a algunos expertos de la costa Este para ocuparse de ello: a una cazadora de vampiros rival, ¡vaya sorpresa!, llamada Rashel algo, además de a su alma gemela, un vampiro convertido en Amanecer llamado Quinn.

Al menos eran competentes. Habían sacado al tío Bracken, así como a los restos de la banda de San Francisco, una ciudad que iba a ser nociva para su salud durante un tiempo. Morgead intentaba conseguir que la banda se uniera al Círculo del Amanecer por su propio bien, y afirmaba que Richard, al menos, mostraba un cierto interés. Val y Thistle se estaban mostrando obstinados, pero eso no era una sorpresa, precisamente. Lo importante era que estaban vivos.

Pierce, por otra parte, sencillamente había desaparecido. Nadie había vuelto a ver ni rastro de él ni de Lily ni de la gente de ésta desde que Jez los había hecho volar por los aires. Al parecer se habían vaporizado de verdad, y Jez no conseguía sentirse demasiado mal ante su desaparición.

—¡Listo! —dijo la enfermera alegremente, estirando la parte superior del piyama de Jez, lo que resultó de lo más conveniente ya que en aquel momento una cabeza negra asomó por la puerta.

—¿Qué pasa ahí dentro? ¿Te estás preparando para ir a la ópera o algo parecido?

Jez miró a Morgead enarcando las cejas.

—Tal vez. ¿Vas a decirme que no puedo?

Él soltó un bufido y entró mientras la enfermera salía.

—No me atrevería a decirte eso. Eres la princesa, ¿verdad? Puedes tener cualquier cosa.

—Cierto —respondió Jez, con inmensa satisfacción—. ¿Cómo están Hugh y Claire?

—Claire está perfectamente; encaja a la perfección con las brujas de aquí. Creo que intenta conseguir que pongan en marcha una página web. Y Hugh es simplemente el idiota de siempre. Anda por ahí salvando ardillas de desechos tóxicos o algo parecido.

—¿Y qué hay de la niña?

—La niña —dijo Morgead— está dándose la gran vida. Los Amanecer andan locos con ella; algo sobre la más vieja de las Almas Viejas que se ha localizado jamás; no sé. En cualquier caso, están intentando convencer a su madre para que le permita vivir aquí. La niña te da las gracias por salvarle la vida y te está haciendo un dibujo.

Jez asintió. Sería agradable si Iona iba a vivir al santuario; eso significaría que Jez podría verla muy a menudo. No era que Jez planeara vivir allí todo el tiempo; Morgead y ella necesitaban tener libertad de movimientos y no podían permanecer encerrados; tenían que poder ir y venir. Era tan sólo que aún no había encontrado el momento de decírselo a los Amanecer.

Puesto que las personas a las que amaba estaban en buenas manos, podía dedicar su atención a otras cuestiones.

—¿Eso son bombones?

—Es la única razón por la que te gusta verme, ¿no es cierto?

—dijo Morgead, permitiéndole tomar la caja y sentándose junto a ella con semblante trágico.

—¡Claro que no! —respondió Jez con la boca llena; tragó y siguió—: Todo el mundo los trae. —Entonces sonrió burlona—. Me gusta verte por un motivo distinto.

Él le devolvió una sonrisa maliciosa.

—No se me ocurre cuál podría ser.

—Hum... es verdad... a lo mejor no hay otra razón.

—Ten cuidado, Jezebel —gruñó él y se inclinó, amenazador.

—No me llames así, idiota.

—Tú eres la idiota, idiota.

—Y tú eres...

Pero Jez no consiguió finalizar la frase, porque él le inmovilizó la boca con un beso.

Y a continuación la rodeó con los brazos —con tanta ternura— y el cordón plateado empezó a zumbar y todo fue calidez y únicamente estaban ellos dos en el mundo.

«Uno de la tierra de reyes largo tiempo olvidados;
uno del hogar que todavía mantiene la chispa;
uno del Mundo Diurno donde dos ojos vigilan;
uno del crepúsculo para ser uno con la oscuridad.»